천봉 신무협 장편소설

PAPYRUS ORIENTAL FANTASY

북천전기 11

초판 1쇄 발행 2023년 5월 15일

지은이 ㅣ 천봉
발행인 ㅣ 최원영
편집장 ㅣ 이호준
편집 ㅣ 송영규 최종건 정재웅 양동훈 곽원호 조정범 강준석
편집디자인 ㅣ 한방울
영업 ㅣ 김민원

펴낸곳 ㅣ ㈜ 디앤씨미디어
등록 ㅣ 2002년 4월 25일 제20-260호
주소 ㅣ 서울시 구로구 디지털로 26길 111 JnK디지털타워 503호
전화 ㅣ 02-333-2513(대표)
팩시밀리 ㅣ 02-333-2514
E-mail ㅣ papy_dnc@dncmedia.co.kr
블로그 ㅣ blog.naver.com/gnpdl7

ISBN 979-11-364-4476-9 04810
ISBN 979-11-364-3596-5 (SET)

※ 저자와 협의하여 인지는 붙이지 않습니다.
※ 이 책은 ㈜ 디앤씨미디어(파피루스)가 저작권자와의 계약에 따라 발행한 것으로 본사와 저자의 허락 없이는 어떠한 형태나 수단으로도 내용을 이용할 수 없습니다.

11

천봉 신무협 장편소설

북천전기
北天戰記

1장. 하나의 희생과 하나의 죽음 · 7

2장. 대어는 잡고 봐야지 않겠습니까? · 49

3장. 괴물의 왕국 · 91

4장. 얽히고설키는 사건들 · 133

5장. 성가시게 굴면 쫓아낼 수밖에 · 175

6장. 기분 좋은 날 · 215

7장. 서문회의 야망 · 257

1장
하나의 희생과 하나의 죽음

하나의 회생과 하나의 죽음

도심 외곽의 한 장원.

악소와 백운은 무사를 따라 장원으로 들어섰다. 겉에서 보면 그저 평범한 장원에 불과했던 곳이 마당으로 들어서자 곳곳에서 날카로운 기운이 번뜩였다.

하지만 악소와 백운은 그 정도 분위기에 짓눌릴 사람들이 아니었다.

악소가 무사에게 물었다.

"지존궁이 운영하는 곳인가?"

"그건 저도 잘 모릅니다."

그때였다. 문이 열리고 철군악이 모습을 드러냈다.

"어서 오시오."

악소와 백운은 포권을 취하며 살짝 머리를 숙였다.

잠시 후, 세 사람은 특이하게도 돌을 깎아서 만든 탁자를 가운데 두고 마주 앉았다.

악소와 백운은 철군악의 분위기가 평소와 확연히 다르다는 것을 느낄 수 있었다.

악소가 물었다.

"무슨 일입니까, 사자."

"두 분께 어려운 부탁을 하나 드려야 해서 급히 이곳으로 모셨습니다."

무사들이 지켜보던 밖에서와 달리 철군악은 악소와 백운을 매우 정중하게 대했다. 당장은 말투부터가 바뀌었다.

그도 그럴 것이 악소와 백운은 지존궁의 호위이기 이전에 연후가 보낸 중요한 손님이나 다름없는 사람들인 탓이었다.

"시간이 없어 바로 말씀드리겠습니다."

철군악이 바로 본론을 꺼냈다.

"오늘 아침, 장로원주의 요구로 긴급히 소집된 원탁회의에서 주작전주 차소령에 대한 체포령이 떨어졌습니다. 불응할 시 죽여도 좋다는 내용까지 회의를 통과했습니다."

백운이 눈을 치뜨며 물었다.

"주작전주 차소령이 무슨 죄라도 지었습니까?"

"그건 저도 모른 일입니다. 다만 회의 소집 이전에 대지존께 따로 기별조차 않고 서둘러 체포령을 의결한 것을 보면 뭔가 일이 벌어지고 있는 것만은 틀림없는 것 같습니다."

악소가 미간을 좁히며 중얼거렸다.

"주작전이 난데없이 작전을 떠난다고 할 때부터 이상하다 싶더니……."

차를 한 모금 마신 철군악이 바로 말을 이었다.

"무슨 일이 있어도 장로원보다 우리가 먼저 주작전을 찾아야 합니다. 찾아서 사건의 내막을 알아낼 때까지 안전한 곳에 피해 있도록 해야 합니다."

"우리에게 할 부탁이라는 게 주작전을 찾아 차 전주에게 이 사실을 알리라는 겁니까?"

"죄송합니다. 지존궁의 호위무사들이 수백 명에 달하지만 장로원과 끈이 닿아 있지 않을 거라 확신할 수 있는 사람이 두 분밖에 없습니다. 물론 이곳에 있는 친구들과 야랑의 수장은 당연히 믿을 수 있는 사람이지만 따로 할 일이 있어서 염치불구하고 두 분께 부탁을 드리고자 합니다."

"우리가 갑자기 벌을 떠나면 장로원 쪽에서 의심하지 않겠습니까?"

"그건 염려하지 않으셔도 됩니다. 두 분이 다른 호위들과 관계가 좋지 않다는 것은 장로원 쪽에서도 이미 파악하고 있을 테니 제가 해임을 했다고 하면 충분히 의심을 피할 수 있습니다. 사실 두 분에게 갑작스럽게 이틀이라는 휴식을 드린 것도 해임의 명분으로 삼기 위함이었습니다."

"그게 무슨……."

"지존궁의 다른 호위들은 두 분이 근무에 불만을 품고 무단 이탈을 한 것으로 알고 있습니다. 물론 제가 일부러 그렇게 소문을 내도록 했습니다."

"예?"

백운이 황당한 표정을 지었다.

반면 악소는 묵묵히 고개를 끄덕이며 옅은 미소를 머금었다.

"그렇다면 우리가 지금 당장 사라진다 한들 의심할 사람은 없겠군요."

"죄송합니다."

"아닙니다. 다른 사람도 아닌 사자의 부탁인데 당연히 나서서 도와 드려야지요. 하면 어디로 가면 되겠습니까?"

"적벽의 검가 군영으로 가 주십시오."

"주작전이 그곳에 있습니까?"

"그건 모르겠습니다. 다만 장로원주가 보낸 자들이 그곳으로 떠난 것만은 틀림없는 사실입니다."

"알겠습니다."

악소가 일어서자 백운이 두 눈을 휘둥그레 치떴다.

"바로 갑니까? 모처럼 제대로 마실 거라고 벌을 나설 때 밥도 먹지 않았는데……."

"내려가면서 마시면 되지 않느냐."

"에효."

백운이 한숨을 푹 내쉬며 마지못해 일어설 때, 악소는 철군악을 직시하며 물었다.

"만에 하나 성가신 일이 발생했을 때, 장로원에서 보낸 자들을 죽여도 괜찮겠습니까?"

"그렇게 하십시오. 다만 두 분의 정체는 절대 드러나지 않아야 합니다."

철군악이 자리에서 일어나 한쪽으로 걸어가더니 죽립 두 개와 인피면구 두 장을 갖고 왔다.

"이걸 쓰고 움직이도록 하십시오."

백운이 심드렁하게 물었다.

"어떤 인피면구가 더 잘생긴 겁니까?"

"저도 확인을 해 보지 않아서……."

"아무거나 써라."

잠시 후, 악소와 백운이 인피면구와 죽립을 쓰자 철군악은 품속에서 전낭을 꺼냈다.

"섭섭할 뻔했습니다. 흐흐흐."

백운이 기다렸다는 듯 전낭을 낚아채 품속에 갈무리했다.
"그럼 이만 떠나도록 하겠습니다."
"잠깐."
"또 왜."
백운이 철군악에게 물었다.
"일이 끝나면 다시 백야벌로 돌아와야 하는 겁니까?"
퍽!
백운의 엉덩이에 악소의 발길이 작렬했다.
"해임당한 주제에 뭘 돌아와."

잠시 후, 악소와 백운이 떠나자 철군악은 창문을 통해 멀어져 가는 그들의 뒷모습을 바라보며 눈빛을 가라앉혔다.

"주작전주와 장로원주 사이에 뭔가가 있다면…… 그것 때문에 신변의 위협을 느껴 작전을 핑계로 벌을 떠난 것이라면 차 전주는 왜 내게 아무 말도 하지 않은 걸까. 설마 나에게조차 말을 하면 안 될 만큼 엄청난 비밀이라도 안고 있단 말인가?"

차소령은 철군악을 상당히 믿고 따랐다. 다른 사람에게는 절대 하지 못할 말도 그에게는 스스럼없이 털어놓으며 자문을 구하곤 했었다.

그랬던 그녀였기에 철군악은 이러한 상황이 의심스러우면서도 당혹스러울 수밖에 없었다.

'장로원주를 피해 서둘러 벌을 떠나야 할 만큼 위험한 상황이라면 차라리 내게 말을 했어야지.'

그때였다.

"접니다, 사자."

"들어오시오."

문을 열고 들어선 이는 야랑의 수장 석호진이었다. 그는 과거 철혈가에 잠시 머무르던 때와는 확연히 달라진 모습을 하고 있었다.

"여긴 어쩐 일이시오?"

"이상한 말을 들어서 사자께 먼저 전해 드려야 할 것 같아서 달려왔습니다."

"이상한 말이라니요?"

"장로원주 쪽에서 주작전 추적에 월가의 고수들을 동원한 것 같습니다."

"……!"

"확신할 순 없지만 그럴 가능성이 매우 높다는 것을 장로원 쪽 사람을 통해 들었습니다. 만약 정말로 월가의 고수들이 움직였다면 철혈가의 두 호위가 위험해질 수도 있습니다."

철군악의 고개가 반사적으로 열어 놓은 창문을 향해 돌아갔다. 하지만 악소와 백운은 이미 사라지고 없었다.

철군악은 당혹감에 눈빛을 떨었다.

하지만 이내 지그시 입술을 깨물며 단호한 어조로 말했다.
"이미 살은 시위를 떠났으니 그들을 믿어 봅시다."
"만에 하나 그들이 목숨을 잃기라도 한다면…… 북부의 주군께서 그냥 넘어갈 리 없을 텐데 괜찮겠습니까?"
꽉!
"그들의 능력을 믿어 봅시다. 만에 하나 그들이 잘못된다면 모든 책임은 내가 질 것이오."

* * *

"드세요."
연후는 동방리가 건넨 약사발을 단숨에 들이켰다.
사흘쯤 지나자 외상은 눈에 띄게 호전되었지만 몸을 움직일 때마다 올라오는 통증은 여전했다.
탁.
연후가 약사발을 내려놓자 동방리는 기다렸다는 듯 꿀을 발라 놓은 말린 과일을 건넸다.
연후는 말린 과일을 씹어 입가심을 했다.
"그녀는 좀 어떻소?"
소향을 말함이었다.
"점차 좋아지고 있어요."
"수련을 할 시간도 부족할 텐데……. 혼자 고생이 많소."

"고생은요. 이렇게라도 주군께 도움이 될 수 있어서 오히려 좋은걸요. 그리고 수련도 틈틈이 하고 있으니 걱정 마세요."

동방리가 일어섰다.

"그럼 점심때 봬요."

연후는 문을 열고 나가는 동방리의 뒷모습을 응시했다.

그때였다.

서백이 들어섰다.

"그자가 의식이 돌아왔습니다!"

* * *

철혈가에서 가장 은밀한 곳에 위치한 작은 전각.

선주 이염의 시대에는 죄를 지은 수뇌부들을 감금하는 목적으로 운영되었지만, 지금은 밀실로 바뀌어 버린 그곳으로 연후가 들어섰다.

서백과 동방리가 그의 뒤를 따랐다.

안으로 들어가자 백무영이 연후를 맞았다.

"어서 오십시오."

연후는 곧장 밀실 안쪽의 또 다른 밀실로 들어갔다. 그저 평범한 여염집의 안방을 연상시키는 그곳에 황태가 누워 있었다.

동방리가 먼저 다가가 황태의 맥을 짚었다.

연후는 그 옆에 서서 탁하기 짝이 없는 황태의 눈을 내려다봤다. 의식은 회복한 것 같은데 상태는 여전히 심각한 것 같았다.

잠시 후 동방리가 허리를 펴고 일어서며 연후를 돌아봤다.

"일단 위기는 넘긴 것 같아요."

"수고했소."

그때 황태가 고개를 돌려 연후를 응시했다.

연후는 탁하기 그지없는 황태의 두 눈을 내려다보며 무심하게 물었다.

"이제 정신이 좀 드나?"

"……누구요?"

"……!"

"당신들은 누구고, 여긴 또…… 어디요?"

'설마 기억을…….'

연후는 동방리를 돌아봤다.

"기억에 문제가 생길 수도 있소?"

"머리를 심하게 다쳤으니 그럴 가능성을 배제할 순 없을 것 같아요. 일단 지금은 의식을 회복한 지 얼마 되지 않아 저럴 수도 있으니 며칠 더 기다려 보면 알 수 있을 거예요."

"만에 하나 놈이 기억을 잃게 된다면 회복이 가능하겠소?"

"현재로서는 약으로 어떻게 할 방법은 없어요. 다만 운이 따라 준다면 시간이 지나면서 조금씩 회복되는 경우는 있는데…… 그조차도 제 능력으로는 어떻게 된다 장담할 수 없는 영역이라서……."

연후는 당혹스러웠다.

부상을 입어 가면서까지 생포했는데, 기억을 잃어버린다면 말짱 헛수고가 될 뿐이었다.

연후는 다시 황태를 내려다보며 그에게 가장 절실한 것이 뭘까를 생각해 보았다.

답은 곧 나왔다.

"동생이 보고 싶지 않나?"

"동생? 동생……. 나는 누구…… 크윽!"

황태가 갑자기 괴로워하자 동방리는 재빨리 혈도를 짚었다.

연후는 의식을 잃고 늘어지는 황태를 난감한 눈으로 내려다봤다.

"며칠 동안은 절대적으로 안정을 취해야 하니 오늘은 이만 돌아가시는 게 좋겠어요."

"가주."

"예?"

"할 수 있는 모든 것을 동원해서라도 이 친구가 기억을 잃는 것만은 막아야 하오."

"……최선은 다해 볼게요."

동방리는 이미 자신의 손을 떠났다는 말을 하려다가 말을 바꿨다.

연후는 밀실을 나서 거처로 향했다.

백무영이 곁을 함께했고, 서백과 동방리는 황태의 곁에 남았다.

"몸은 좀 어떠하십니까?"

"꽤 좋아졌다."

"한동안 급한 일은 없으니 완쾌하실 때까지 푹 쉬시는 게 좋겠습니다. 사실 그동안 단 하루도 편히 쉬어 보신 적이 없잖습니까."

"그건 다른 사람들도 마찬가지다. 어쨌든 귀담아 두마."

연후는 거처로 향하던 발길을 다른 곳으로 돌렸다.

방금 푹 쉬는 게 좋겠다는 말을 했던 백무영은 쓴웃음을 지었다. 연후가 정보전으로 발길을 돌렸기 때문이다.

지금 철혈가에서 가장 분주한 곳이 정보전이었다. 정보를 수집하는 일 외에도 매우 중요한 일이 진행되고 있는데, 바로 육손의 연구였다.

며칠 전 필요한 약재를 구하러 백야벌로 떠났던 송학이 돌아오면서 육손은 누구보다 바쁜 시간을 보내고 있었다.

"충!"

연후가 들어서자 무사들이 군례를 취했다.

잠시 후 연후는 정보전에서 가장 깊숙한 곳으로 들어갔다. 그곳에 육손과 서위량이 있었다.

"오셨습니까?"

"좀 어때."

"안 그래도 막 보고를 드리러 가려던 참이었습니다. 조금 전에 그자가 독수리를 통제하는 방법을 모조리 털어놓았습니다. 다만……."

육손이 말끝을 흐리며 머리를 긁적이더니 바로 말을 이었다.

"제가 약을 너무 과하게 썼는지 그만…… 죽어 버렸습니다. 그자를 통해 황하수련의 비밀을 더 알아낼 수 있었는데……. 죄송합니다."

"독수리를 통제하는 방법을 알아냈으면 됐다. 하면 언제부터 시작할 거지?"

"오늘부터 바로 시작할까 합니다. 마침 독수리도 몇 마리 잡아 놓았다고 하니 지금부터 죽어라 달리면 예상보다 빨리 마무리될 것 같습니다."

"무리하지 말고 건강부터 살펴 가며 하도록 해."

"옙!"

연후는 육손과 서위량을 격려하고는 정보전을 나서며

쓴웃음을 지었다.

한 명은 살아났지만 기억을 잃었고, 다른 한 명은 죽었지만 원하는 것을 얻었다.

'한 치 앞을 모르는 게 인생이라더니…….'

푸드득!

그때 전서구 한 마리가 정보전의 지붕을 향해 떨어져 내리는 것이 보였다.

하루에도 수십 마리가 날아드는 전서구라 연후는 무시하고 거처로 향했다.

그러기를 몇 걸음이나 걸었을까?

"주군!"

서위량이 달려왔다.

"백야벌에 가 계시는 악소 형님께서 전서를 보내오셨습니다!"

장문의 전서였다.

연후는 전서를 확인하고는 곧장 별채로 향했다. 연후가 건넨 악소의 전서를 확인한 백무영이 미간을 좁히며 말했다.

"철군악 사자가 직접 나섰다면 확실히 주작전에게 뭔가 있긴 한 모양인데…… 물어본다고 해서 차 전주가 순순히 대답을 해 줄지 의문입니다."

"물어는 봐야지."

"악 형과 백운이 이미 백야벌을 떠났으니 주작전이 이곳에 있다는 것을 그들에게 알릴 방법이 없지 않습니까. 이러다가 괜히 장로원 쪽 사람들과 충돌을 하는 건 아닌지 걱정입니다."

연후도 그 점을 우려하고 있었다.

악소의 성격으로 봐서 철군악이 부탁을 했다면 물불을 가리지 않고 나설 것이다. 그 와중에 장로원 쪽 고수들과 맞닥뜨리는 불상사가 벌어진다면 문제가 커질 수도 있었다.

"무영."

"예, 주군."

"일단 검가 쪽에 전서를 보내서 악소와 백운이 적벽의 군영을 찾아가면 바로 이곳으로 오라는 말을 전해 달라고 부탁해 두도록 해."

"알겠습니다."

백무영이 다시 정보전으로 돌아갔다.

잠시 후 연후는 별채의 정문에 이르렀다.

"전주를 뵈어야겠소."

"잠시만 기다려 주십시오."

여무사가 문을 열고 들어가려고 할 때였다. 마침 차소령이 밖으로 나서다가 문 앞에 서 있는 연후를 발견하고는 재빨리 다가왔다.

"가주를 뵈어요."

"전주에게 물어볼 게 있소."

"아, 그럼 어서 안으로 드시지요."

연후는 안으로 들어가 차소령과 마주 앉았다.

연후는 자리에 앉기가 무섭게 본론을 꺼냈다.

"벌에 나가 있는 내 수하들에게서 연락이 왔소. 장로원이 당신들을 체포하여 압송하라는 명을 내렸다고하는데…… 어떻게 된 일인지 알아야겠소."

"……!"

두 눈을 부릅뜨는 차소령이었다.

연후는 말을 이었다.

"철군악 사자가 내 수하들로 하여금 장로원보다 먼저 당신들을 찾아 달라고 부탁을 한 모양이오. 저번에 이야기했던 우리 사이의 신뢰가 생길 때까지 자초지종을 묻지 않으려 했지만, 당장 수하들의 안전이 위험해진 이상 더 기다리기 어려울 것 같소."

연후는 이번 일이 일전에 차소령이 말했던 비밀과 관련되어 있을 것이라 확신하고 있었다.

"……!"

차소령의 눈가에 가는 경련이 일었다.

연후는 무심한 표정으로 그녀가 어떤 대답을 할지 기다렸다.

침묵은 꽤 길게 이어졌다.

그리고 이내 차소령이 눈빛을 가라앉히더니 입을 열었다.

"장로원이…… 아니, 장로원주가 노리는 것은 저와 주작전이 아니라 아가씨입니다."

연후도 어느 정도는 예상하고 있던 부분이었다.

차소령이 고개를 들어 연후를 직시했다.

연후는 그녀의 눈동자에 서려 있는 간절함과 절박함을 읽을 수 있었다.

"저번에 하셨던 약속엔 변함이 없을까요?"

"나는 철혈가와 북부를 위해서라면 그 무엇이든 못할 게 없는 사람이오. 그 말은 곧, 철혈가와 북부에 위해가 된다면 누구도 용서하지 않겠다는 뜻이기도 하오."

연후는 차소령에게 비밀을 지켜 주겠다고 말한 바 있었으나, 그것은 어디까지나 철혈가에게 위해가 되지 않는다는 전제가 있기에 한 약속이었다.

잘 알지도 못하는 이의 비밀을 지키려다가 자신의 소중한 이들을 잃을 생각은 추호도 없었다.

차소령은 눈빛을 떨었다.

'……내가 사람을 잘못 봤구나.'

연후의 냉담한 태도에 그녀는 억장이 무너지는 기분이었다.

그때 연후가 한마디 더 했다.

"벌의 장로원주도 예외는 아니오. 만약 그가 나와 철혈가, 그리고 우리 북부에 위협이 된다면 나는 그 역시 가차 없이 제거할 것이오."

차소령은 다시 눈빛을 떨었다.

조금 전과는 다른 의미에서 보인 반응이었다.

'내 앞에서 장로원주 서문회를 감히 죽일 수 있다고 말을 할 정도면……'

꽈악.

차소령의 상아처럼 흰 치아가 입술을 살며시 짓눌렀다. 뒤이어 연후조차도 놀랄 만한 내용이 입술을 뚫고 흘러나왔다.

"아가씨는 전대 대지존의 혈육이세요. 물론 그 사실을 알고 있는 사람은 저뿐이에요. 물론 이제는 장로원주도 알아 버렸겠지만……."

"대지존도 그 사실을 모른단 말이오?"

"예. 아가씨는 출생부터가 비밀이었어요. 돌아가신 대공자께서도 아가씨의 존재를 모르셨을 겁니다."

충격적인 말에 연후는 나지막이 숨을 고르며 미간을 좁혔다.

"장로원주가 체포령을 내려가면서까지 쫓으려 하는 이유를 알아야겠소."

"뻔하죠."

갑자기 차소령의 전신에서 냉기가 흘러나왔다. 더불어 그녀의 눈동자에 누군가를 향한 진한 적개심이 내려앉았다.

"아직 벌 내에는 돌아가신 대지존과 대공자를 잊지 못하는 사람들이 상당히 많아요. 장로원주가 지금껏 추악한 탐욕을 드러내지 못하는 것도 바로 그들의 마음을 다 얻지 못했기 때문이죠."

연후는 뭔가 조금씩 잡혀가는 느낌이었다.

"소저가 전면으로 나섰을 때 그들이 소저를 따를 것을 우려해서 이런 일을 벌였다는 것이오?"

"정확하게 말씀드리자면 정적들이 아가씨를 전면에 내세우는 것을 두려워하고 있어요."

"지금의 대지존도 비록 서자이긴 하지만, 전대 대지존의 혈육이지 않소?"

"벌의 많은 이들은 지금의 대지존을 인정하지 않고 있어요. 돌아가신 대지존을 따르던 사람들도 지금의 대지존을 장로원주가 내세운 대리인 정도로 보고 있으니까요. 솔직히 저도 다르지 않고……."

백야벌의 정치적인 구도에 대해 어느 정도 예상은 하고 있었지만 소무백이 예상보다 더한 곤경을 겪고 있음을 생각하니 안타까움과 더불어 화도 치밀었다.

차소령 같은 사람마저 소무백을 대지존으로 인정하지 않고 있다는 것이 무엇보다 충격이었다.

"도와주세요. 세상에 태어났지만 태어나지 않은 것처럼 살아야만 했던 불쌍한 아가씨가 장로원주의 탐욕에 희생되지 않게 해 주세요. 하면 저 차소령, 목숨을 바쳐서라도 가주의 은혜에 보답할 것을 신께 맹세……."

"됐소."

"……!"

"소저를 지켜 준다 자신할 순 없지만 비밀을 지킬 것은 약속하겠소. 그 전에 먼저 확실하게 해 둬야 할 것이 있는데……."

연후는 말끝을 흐리며 냉수를 한 모금 들이켰다. 차소령은 무슨 말이든 들을 각오가 되어 있었다.

탁.

"내가 전주의 부탁을 받아들이는 순간부터 우린 한배를 탄 처지가 되는 것이오. 해서 하는 말인데…… 차 전주와 주작전을 내 통제권하에 둬야겠소. 물론 소저는 신분에 걸맞은 대우를 해 드릴 것이오."

"……!"

예상하지 못했던 말에 차소령의 표정이 변했다. 하지만 곧 결연한 눈빛으로 말했다.

"이치에 어긋나는 상황만 발생하지 않는다면 가주의

뜻에 따르겠어요."

"물론 그럴 일은 없을 거요. 하면 이제부터 호칭을 가주가 아닌 주군으로 바꾸도록 하시오. 본 가에 머물면서 나를 가주라 칭한다면 당연히 의심을 하려고 드는 사람이 생길 거요."

"예. 이 또한 가주의…… 주군의 뜻에 따를 것을 맹세합니다."

"좋소. 하면 내가 소저를 지켜 주겠소."

주르륵.

차소령의 뺨을 타고 눈물이 흘러내렸다. 비로소 소향에게 안전한 은신처가 생긴 것에 대한 안도감이 빚어낸 눈물이었다.

* * *

연후의 계책에 따른 덕분에 피 한 방울 흘리지 않고 서북 지역에서 황하수련의 병력을 쫓아낸 적랑단의 수장 관백.

그는 삼만에 달하는 적랑단의 병력을 일만씩 나누어 세 곳의 도시에 배치하였고, 그중 두 곳을 관량과 적룡이 맡아 이끌고 있었다.

이 역시 연후의 지시에 따른 조치였다.

휘이잉!

관백은 성루에 올라 찬바람을 쐬며 서쪽을 바라봤다. 측근이 그에게 대나무통에 뜨거운 차를 담아 건넸다. 관백은 차로 한기를 몰아내며 미간을 좁혔다.

"이놈들이 몰려올 때가 됐는데……."

"황하수련 말입니까?"

"그래. 지금쯤이면 눈 뜨고 당한 것을 깨닫고 다시 이곳을 빼앗겠다며 혈안이 된 채로 달려와야 정상인데 말이다."

"안 오면 좋지 않습니까?"

"예상대로 흘러가야 더 통쾌한 법이 아니겠느냐."

관백은 말을 하면서 흐릿한 미소를 머금고 있었다. 그는 며칠이 지난 지금도 연후의 신묘한 계책에 놀라워하고 있었다.

바람 좀 쐬고 오시오.

'이런 바람이면 백 년, 천 년도 기꺼이 쐴 수 있으리라. 후후후.'

"어? 저기를 좀 보십시오."

측근이 손을 들어 좌측을 가리켰다.

자연스럽게 돌아간 관백의 두 눈에 눈 덮인 평원의 지

평선이 까맣게 물들어 가는 것이 보였다.
"이제야 오는 모양이군."
"전투를 준비하라 알리겠습니다."
"그럴 거 없다."
"……예?"
"얼마나 몰려왔는지 모르겠지만 우리 적랑단이 이곳을 지키고 있음을 알게 된다면 그냥 물러갈 것이다."

 말을 하는 관백의 얼굴에서 자부심이 넘쳤다. 그는 대나무통을 입으로 가져가며 차갑게 얼어붙은 의자에 앉았다.

 측근이 짐승의 털로 만든 두툼한 방석을 재빨리 얹었다.

 그 와중에 황하수련의 선봉 부대는 제법 가까운 곳까지 다가와 있었다.

 어림잡아 이천쯤 될 듯했다.

 관백은 선봉 부대의 뒤쪽 평원을 응시하며 차갑게 웃었다.

"적랑기를 걸어라."
"예!"
"적랑기를 걸으라신다!"

 지금껏 성곽 주변에는 북부무림을 상징하는 깃발과 철혈가의 철혈대번만이 나부끼고 있었다.

하나의 희생과 하나의 죽음 〈31〉

그 옆으로 적랑단을 상징하는 적랑기가 올라가자, 성곽 가까운 곳까지 다가왔던 황하수련의 선봉 부대가 크게 동요하는 모습을 보였다.

관백은 수장으로 보이는 황포인을 주시했다.

초로의 노인으로 어깨에 쌍검을 메고, 손에는 어지간한 장정의 등짝만큼이나 크고 넓은 대부(大斧)를 들고 있었다.

관백은 대나무통의 차를 마저 비우고는 천천히 일어나 성곽 앞으로 나섰다.

관백을 알아본 걸까?

황포인이 두 눈을 부릅뜨며 외마디 신음을 토했다.

"엇!"

"저, 적랑단주 관백이다!"

"빌어먹을……."

뒤쪽에서도 술렁거림이 크게 일었다.

그때 황포인이 도끼눈을 치뜨며 고래고래 악을 썼다.

"네 이놈 관백아! 네놈이 북부의 개가 되었다는 것을 내 미처 몰랐구나! 너를 따르는 졸자들에게 부끄럽지도 않느냐!"

"저런 개자식이!"

"저 새끼가 처돌았나!"

관백의 측근들이 들썩거렸다. 하지만 관백은 웃을 뿐이었다.

"흥분할 거 없다. 어차피 곧 돌아갈 놈들이니 선물이나 한 방 날려 주자꾸나."

"예?"

"주군가에서 이번에 지급받은 신무기 있지? 그것 좀 가져와 봐."

측근 하나가 활과 화살 가져와 관백에게 건넸다.

관백은 화살촉을 이리저리 살펴보고는 활을 들어 시위를 당겼다.

끼끼끼…….

무엇으로 만들었는지 시위를 당기는데 쇳소리가 울렸다.

관백은 황포인을 겨냥했다.

그 모습을 본 황포인이 코웃음을 쳤다.

"흥! 어디 백 번, 천 번 쏴 보거라!"

"한 발이면 될 것 같은데?"

타앙! 쐐애액!

시위를 떠난 화살이 황포인을 향해 정확하게 날아갔다. 황포인 주변의 모두가 일제히 비웃었다.

"하하하!"

"저 거리에서 화살을 쏘다니, 천하에 떠도는 적랑단에 대한 소문이 죄다 헛소문이었나 봅니다! 으하하!"

황포인은 검을 뽑는 것도 아깝다는 듯 싸늘히 비웃으며 오른손을 들어 날아드는 화살을 향해 가볍게 휘저었다.

그때, 그는 관백이 웃는 것을 보았다. 자신이 관백을 향해 보여 주었던 비웃음보다 훨씬 더 진한 비웃음이었다.

"……!"

하지만 그의 손은 이미 화살을 후려치고 있었다.

쾅!

화살이 폭발하며 황포인의 머리가 형체도 없이 사라졌다. 비명조차 지르지 못한 끔찍하고도 참혹한 죽음이었다.

"전주님!"

"헉! 저, 전주님이 당했다!"

황포인의 죽음에 황하수련의 선봉 부대 전체가 동요했다.

그때 뒤쪽에서 나팔 소리가 울렸다.

뿌우웅! 뿌우웅!

"퇴각 나팔이다!"

"퇴각하라! 퇴각하라!"

관백의 측근들이 일제히 비웃었다.

"우두머리가 죽었다고 그냥 내빼는 꼴들 하고는. 하하하!"

"하하하!"

"그게 아니다. 저자의 죽음과는 무관하게 퇴각 명령이 내려진 것이다. 내가 화살을 조금만 늦게 쐈더라면 저 자도 죽지 않았을 것이다."

"아……."

관백은 황포인의 시신을 수습한 채 황급히 말머리를 돌려 빠져나가는 황하수련의 선봉 부대를 보며 미간을 좁혔다.

"대응하지 말라는 주군의 명만 아니었다면……."

관백은 당장 쫓아가지 못하는 상황이 무척이나 아쉬웠다.

* * *

황하수련의 총단.

우문적을 비롯한 수뇌부가 모여 있는 대전의 분위기가 한없이 무거웠다.

태사의에 앉아 술병을 손에서 놓지 않고 있는 우문적의 얼굴이 인해 벌겋게 달아올라 있었다. 결코 취기 때문만은 아니었다.

벌컥벌컥!

쾅!

태사의 앞에 놓여 있던 탁자가 요동쳤다.

"전령이 왜 이렇게 늦는 것이냐!"

"이제 곧 올 때가 되었으니 조금만 기다려 보시지요."

대전에 모여 있는 모두는 두 눈 멀뚱히 뜨고 빼앗겨 버린 서북의 도시 세 곳을 되찾기 위해 떠난 병력의 소식을 기다리는 중이었다.

가회가 이 자리에 없는 것은 그가 병력을 이끌고 출병을 했기 때문이었다.

"혼자 똑똑한 척은 다 하더니……."

누구를 향한 불만일까.

우문적이 수중의 술병을 입으로 가져가려 할 때였다. 대전의 문을 열고 전령 한 명이 황급히 뛰어 들어왔다. 우문적을 비롯한 모두가 전령을 주목했다.

"어떻게 되었느냐!"

노기가 가득한 우문적의 재촉에 전령은 머리를 조아리며 외쳤다.

"군사께서 전군에 회군을 명하셨다고 합니다!"

"……뭐라?"

대전이 술렁거렸다.

우문적의 눈에서 불꽃이 일었다.

"지금 회군이라고 했느냐?"

"예, 주군."

우문적과 가까운 곳에 앉아 있던 중년인이 언성을 높였다.

"공격조차 해 보지 않고 회군을 명했단 말이냐?!"

"각 도시마다 적랑단이 이미 자리를 잡고 굳건히 버티

고 있었습니다. 이에 군사를 비롯한 부대의 수장들이 의논을 한 결과 회군으로 결론이 났다고 합니다."

퍼석!

우문적의 손아귀에서 술병이 산산조각이 나 버렸다. 화가 나도 너무 났는지 우문적은 몸을 바르르 떨며 말을 제대로 잇지 못했다.

그때 초로의 노인이 말하고 나섰다.

"적랑단은 천하가 알아주는 무력 집단입니다. 또한 그 수가 삼만에 이르니 군사께서도 공격을 했을 시 아군의 피해가 매우 클 것을 염려하시어 회군을 명하신 것 같습니다."

"그렇습니다. 비록 오랫동안 공을 들인 도시들을 내주는 것이 분통터질 노릇이기는 하나 이미 엎질러진 물이 아니겠습니까. 승산이 없는 싸움에 병력을 희생시키는 것보다는 차라리 한 걸음 물러나서 후일을 도모하는 것이 옳다 생각합니다!"

"속하 역시 같은 생각입니다!"

연이어 가회를 옹호하는 듯한 발언을 이어 가자 우문적의 눈에서 살기마저 감돌았다.

하지만 어떻게 된 일인지 그는 입을 굳게 다물고 있었다.

그때였다. 우문적과 가장 가까운 곳에 앉아 있던 중년

인이 자리를 박차고 일어나며 외쳤다.

"그곳에 들인 시간과 공은 돈으로도 따질 수 없을 만큼 지대합니다. 모든 것은 전적으로 군사의 잘못된 대응책 때문에 일어난 일이니 마땅히 책임을 물어야 합니다."

"그렇습니다. 군사가 서북의 영토에 나가 있던 병력을 빼지만 않았어도 도시 세 곳을 북부에게 넘겨주는 어처구니없는 사태는 벌어지지 않았을 터. 당연히 군사에게 책임을 물어야합니다!"

"옳습니다!"

쾅!

초로의 노인이 탁자를 내리치며 벌떡 일어섰다.

"닥쳐라! 서북에 나가 있던 병력을 뺀 것은 적랑단으로부터 총단을 지키기 위한 불가피한 선택이었거늘, 그것을 어찌 군사의 책임이라 할 수 있단 말이냐!"

또 다른 자가 거들고 나섰다.

"네놈들이 단단히 미쳤구나! 적랑단이 쳐들어온다 하니 대전에 틀어박혀 쥐새끼처럼 벌벌 떨며 언제 지원 병력이 올까만 기다리던 놈들이 이제 와서 모든 책임을 군사에게 떠넘기려 하다니……. 한 번만 더 헛소리를 지껄이면 혓바닥을 뽑아 개에게 줘 버릴 것이다!"

"닥치시오! 주군 앞에서 그 무슨 망발이오!"

"흥! 내가 못할 소릴 했느냐?"

대전이 순식간에 끓는 물을 부어 놓은 것처럼 들끓어 올랐다.

그럼에도 우문적은 계속해서 입을 굳게 다물고 있었다.

그를 향해 초로의 노인이 마치 따지듯 말했다.

"주군께서는 어찌 아무 말씀도 없으십니까? 설마하니 저자들의 뜻에 동조하시는 건 아니겠지요?"

꽈악.

우문적이 지그시 입술을 깨물고는 대전의 모두를 천천히 쓸어 보았다. 그러고는 가라앉은 목소리로 말했다.

"서북에 나가 있던 병력을 뺀 것은 불가피한 선택이었다. 그들이 제때 도착해 주지 않았더라면 총단이 위험했을 터. 하니 다시는 그 문제를 놓고 왈가왈부하는 일은 없도록 하거라."

"군사의 책임이 아님을 먼저 밝혀 주셔야지요!"

"……다 본인이 무능하여 벌어진 일이니 결코 군사의 잘못이 아니다."

"크흠!"

"그대들도 더는 군사의 책임을 운운하지 않도록 하거라."

"주군!"

"따르지 않으면 목을 벨 것이다."

"……!"

한없이 가라앉은 목소리와 표정, 그리고 고요하게 가라앉은 분위기는 쉽게 흥분하고 화를 내는 평소의 우문적과는 확연히 다른 모습이었다.

우문적이 좌중을 향해 물었다.

"군사가 돌아오고 있다니 마중을 나가야 않겠느냐. 하면 누가 군사를 맞으러 가겠느냐?"

"속하가 가지요."

초로의 노인이 손을 들었다.

우문적은 그의 좌우에 앉은 자들을 응시했다.

"그대들도 같이 가도록 하거라. 적벽에서 돌아와 제대로 쉬지도 못하고 출병을 하였는데, 혼자만 마중을 나가는 것은 도리가 아닌 것 같구나."

"알겠습니다."

"그리하겠습니다."

"가서 군사에게 전하거라. 본 좌가 직접 마중을 나가야 마땅하나 심신이 불편하여 그러지 못해 미안하다고 말이다."

"주군의 말씀을 그대로 전해 드리겠습니다. 하면 속하들은 먼저 일어나도록 하겠습니다."

초로의 노인과 좌우의 청포인들이 자리를 박차고 일어나 대전을 빠져나갔다. 그들의 뒷모습을 지켜보던 우문적이 좌중을 향해 말을 이었다.

"더는 모여 있을 이유가 없어진 것 같으니 다들 물러가라."

수뇌들이 하나둘 대전을 빠져나갔다.

하지만 두 사람만은 자리를 지켰다. 가회에게 책임을 물어야 한다고 주장했던 자들이었다.

"너희는 왜 나가지 않는 것이냐?"

"요즘 들어 군사의 오만과 독선이 도를 넘어서고 있습니다. 더 늦기 전에 조치를 취하지 않으면 이후 어떤 일이 벌어질지 아무도 모를 일입니다, 주군."

"알았으니 그만 물러가거라."

"……예."

최측근 두 명마저 대전을 빠져나가자 우문적은 태사의에 깊숙이 몸을 묻으며 누군가를 향해 화를 억누른 목소리로 말했다.

"보았느냐? 가회의 심복들이 내게 하던 말과 행동을……."

"보았습니다."

스산한 목소리와 함께 우문적의 뒤에서 회포인 하나가 나타났다.

우문적의 눈에서 살광이 터졌다.

"이제 더는 못 참겠다."

"하면 그를 제거하시겠습니까?"

"검가에게 적벽을 내준 것도 모자라, 오랜 세월에 걸쳐 공을 들였던 서북의 도시 세 곳까지 북부에 빼앗겼다. 이는 누가 봐도 군사의 책임이 크니 명분으로 충분하지 않겠느냐."

"그렇습니다. 하지만 실패를 하면……."

"그자는 내가 움직일 거라는 생각은 절대 하지 못할 것이다."

싸아아…….

우문적의 전신에서 한기가 흘러나왔다.

"이제 더는 허수아비만도 못한 그림자로 살지 않을 것이다. 설사 실패를 하여 목숨을 잃는 한이 있더라도 진짜 우문적의 모습을 보여 줄 것이다."

"궁금하군. 너의 진짜 모습이 무엇인지."

"……!"

우문적이 벼락처럼 몸을 일으켰다.

그런 그의 눈에 대전 뒤쪽의 장막을 헤치며 나서는 한 사람의 모습이 비수처럼 박혀들었다.

가회였다.

우문적은 두 눈을 부릅떴다.

가회는 그런 우문적을 차가운 눈으로 응시하며 천천히 다가오더니, 회포인을 향해 시선을 돌려 입을 열었다.

"개가 주인을 물려 하면 어찌해야 할까?"

"때려잡아야지요."

회포인의 입에서 우문적의 귀를 의심케 하는 말이 흘러나왔다.

"……!"

그때였다.

쾅!

대전의 문이 거칠게 열리며 조금 전에 가회를 마중하겠다며 나섰던 초로의 노인과 두 명의 청포인이 들어섰다.

그들은 검을 쥐고 있었고, 검신은 피로 흥건히 젖어 있었다.

씨익.

초로의 노인이 이를 드러내며 웃었다.

"누가 올 거라는 기대는 하지 마시오. 기대가 깨지면 절망감만 더 커질 테니까. 후후후."

쾅!

우문적은 태사의를 걷어차고는 대전 좌측의 벽으로 물러서며 검을 뽑았다.

챙!

우문적은 가회를 노려보며 씹어뱉듯이 말했다.

"나를 제거하기 위해 거짓 출병을 한 것이냐?"

"너 따위를 제거하는 데 그렇게까지 할 필요가 있을까?"

"……뭐?"

"솔직히 놀랐다. 너 따위가 감히 나를 제치고 황하수련의 주인이 될 꿈을 꾸고 있었다니……. 던져 주는 뼈다귀만 핥아 오던 너 따위가 말이다."

스르릉.

가회가 검을 뽑았다.

검신이 검집을 빠져나오자 청광이 흘러나와 대전의 벽을 파랗게 물들였다.

"조금 더 너를 부려 먹을까 고민도 했었다. 하지만 북부의 주군, 그 애송이 놈한테 이번에 당해도 너무 당해 놔서 그럴 수가 없겠더군. 네 말처럼 이번 사태에서 가장 책임이 큰 사람은 바로 나니까 말이야."

"나를 죽인다고 해서 그 책임이 면해질 것이라 생각하느냐! 련의 모든 이들은 여전히 나를 주군이라 생각하고 있다!"

"그건 너를 죽이고 난 뒤에 방법을 찾으면 될 일이다. 후후후."

가회가 눈짓을 보내자 회포인과 초로의 노인 등이 벽을 등지고 서 있는 우문적의 삼면을 에워싸며 다가갔다.

피식.

돌연 우문적이 웃었다.

하지만 두 눈은 언제 폭발할지 모를 분노로 마구 들끓고 있었다.

"네놈은 나를 잘못 봤다."

"그건 인정하지. 네놈이 그림자로 만족하지 않고 주제넘게 진짜 주군이 되려 할 줄은 상상조차 못했거든. 어쨌든 너는 오늘 이 자리에서 죽는다. 또한 우리 황하수련의 모든 동지들은 너를 련을 위기에 빠트린 무능하면서도 잔혹한 폭군으로 기억하게 될 것이다, 우문적."

"너는 나를 죽이지 못한다, 가회."

"……."

순간 가회는 이상한 느낌이 들었다.

그때였다.

우문적의 전신에서 혈광이 뻗쳐 나왔다. 뒤이어 퍽 하는 소리와 함께 그가 등지고 섰던 대전의 벽 일부가 무너져 내렸다.

콰우우!

"우린 또 보게 될 것이다, 가회."

쾅!

벽을 뚫고 뛰쳐나가는 우문적.

동시에 가회의 검이 청광을 뿌렸고, 회포인의 쌍수에서 혈광이 섬전처럼 날아갔다.

콰쾅!

퍼퍼퍽!

충격의 여파로 쌓여 있던 눈이 마구 치솟으며 우문적을

가렸다.

가회의 얼굴이 구겨 놓은 휴지처럼 일그러졌다.

'무슨 일이 있더라도 놈을 잡아야 한다. 만에 하나 놈이 살아남아 모든 것을 터트려 버린다면……'

생각조차 하기 싫은 미래가 주마등처럼 뇌리를 스쳐 지나가자 가회의 눈에서 불꽃이 일었다.

화아악!

"쫓아라! 무슨 일이 있어도 놈을 잡아야 한다!"

* * *

후두둑.

한 걸음 걸을 때마다 우문적의 몸에서 피가 뚝뚝 떨어졌다.

"후욱."

피가 엉겨 붙은 입술이 벌어지며 거친 숨이 흘러나왔다.

언제 죽어도 이상할 것이 없을 만큼 몸 곳곳에 크고 작은 부상을 입고 있었지만 우문적은 멈추지 않고 걷고 또 걸었다.

한 차례 추격을 뿌리친 후 아직까지는 다시 뒤를 쫓는 자들의 모습은 보이지 않았다.

물론 가회의 정예들이 그를 쫓기 위해 움직이고 있었으

나 아직 찾아내지 못한 것일 뿐, 잠시라도 발걸음을 멈춘다면 따라잡힐지도 모르는 상황이었다.

'이렇게 죽을 순 없다.'

우문적은 극심한 통증 속에서도 걸음을 멈출 수 없었다.

그렇게 얼마나 걸었을까?

우문적의 앞에 얼어붙기 시작한 강이 나타났다.

강 너머로 남쪽으로 이어지는 평원이 광활하게 펼쳐져 있었다.

우문적은 잠시 걸음을 멈추고 주변을 살폈다. 그러다가 어느 지점에 이르러 두 눈을 부릅떴다.

"……!"

그가 서 있는 곳에서 강으로 이어지는 길목에 기다란 장대가 우뚝 서 있었는데, 장대 끝에는 수급 하나가 꽂혀 있었다.

바르르…….

우문적은 전신을 떨었다.

뒤이어 두 다리가 휘청거리더니 뒤로 엉덩방아를 찧었다.

"아우야……."

장대 끝에 꽂혀 있는 수급은 바로 우문적의 동생, 우문홍의 것이었다.

주르륵.

우문적의 뺨을 타고 피눈물이 흘러내렸다.

그때였다.

좌우측 숲에서 수십 명에 달하는 황포인이 모습을 드러냈다. 그중에는 대전에서 우문적을 공격했던 초로의 노인과 회포인도 있었다.

우문적은 다시 일어나 걷기 시작했다.

휘이잉!

매서운 칼바람이 전신을 사정없이 할퀴고 지나갔지만 분노와 원한으로 이글거리는 그의 눈빛을 가라앉히지는 못했다.

'검가로…… 검가로 가자. 그들의 칼을 빌려 놈의 모든 것을 무너뜨리고야 말 것이다.'

으드득.

2장
대어는 잡고 봐야지 않겠습니까?

대어는 잡고 봐야지 않겠습니까?

 며칠 내내 쏟아진 폭설로 인해 순백의 옷으로 갈아입은 산천초목(山川草木).

 보고 있자면 명공이 그려 놓은 한 폭의 그림처럼 아름다웠지만, 백야벌을 떠나 적벽으로 향하는 악소와 백운에게는 수백, 수천의 적보다 더한 난관이나 다름없었다.

 "좀 쉬었다 갑시다, 형님."

 백운이 눈밭에 대자로 드러누웠다.

 사흘 동안 끼니조차 거르며 쉬지 않고 달려온 탓에 둘은 제법 지쳐 있었다.

 "빌어먹을! 더럽게 힘드네."

 백운의 가슴이 들썩일 때마다 거친 숨결이 입술을 뚫고 흘러나와서는 이내 수염에 하얗게 달라붙었다.

백운이 그 옆에 앉으며 눈을 한 움큼 떠서 입안에 털어 넣었다.

"푸아아!"

 백운은 아예 눈으로 세수를 하듯 얼굴을 문지르고는 상체를 일으켰다.

"이 정도면 장로원 놈들을 앞지르지 않았을까요?"

"장로원이 부리는 자들이 백야벌에만 있는 게 아니다. 하니 서둘러야 한다."

"조금만, 조금만 더 쉽시다. 이대로 더 달렸다가는 폐가 터져 버리고 말 거요."

 퍽!

 백운은 다시 대자로 드러누웠다.

 그런 백운을 미간을 찡그리며 쳐다보던 악소도 그 옆에 대자로 드러누웠다.

 전신을 통해 냉기가 흘러들자 뜨겁게 달궈진 몸과 거칠어졌던 호흡이 빠르게 진정되어 갔다.

"형님."

"왜."

"만약 장로원주가 대지존을 몰아내고 백야벌의 주인이 된다면 우리 북부에게 손해가 될까요, 아니면 득이 될까요?"

"그런 건 생각해 본 적이 없다. 관심도 없고."

"아이고, 참! 이제 형님도 정치적인 문제에 대해 관심도 좀 갖고 하세요. 주군께서 무림을 일통하시면 형님도 한 지역을 다스리게 될 텐데 지금부터라도 수업이라 생각하고 관심을 기울이세요."

피식.

"필요 없다, 그런 거."

"그저 주군의 곁에 머무를 수만 있다면 그걸로 족하다…… 뭐 이런 뜻입니까?"

"그래."

악소는 일어서며 백운의 머리를 한 대 쥐어박았다.

"그만 움직이자."

"조금만 더 쉽시다. 쫌!"

"그럼 먼저 가마."

팟!

악소가 눈보라를 일으키며 달려 나가자 백운도 괴성을 지르고는 악소를 쫓아 몸을 날렸다.

"크악!"

그렇게 얼마를 달렸을까?

광활했던 산악 지대가 끝나고 눈 덮인 평원이 두 사람의 앞을 가로막으며 나타났다.

백운이 평원의 끝을 가리키며 말했다.

"평원을 넘으면 강이 나오고, 그 강을 따라 남쪽으로

이틀만 내려가면 적벽입니다."

"제법 빨리 왔군."

"그럴 수밖에요. 사흘 동안 잠을 자는 것은 고사하고 눈만 퍼먹으면서 쉬지 않고 달려왔는데······."

백운이 말을 하다 말고 안광을 번뜩였다.

뒤이어 악소의 팔을 잡아 흔들고는 평원의 좌측, 그러니까 산악 지대 서쪽에서 평원으로 이어지는 관도를 가리켰다.

백운이 가리킨 곳을 돌아본 악소도 눈빛을 발했다.

관도 위로 산악 지대를 빠져나온 열 명가량의 백포인이 모습을 드러내고 있었다.

"장로원 놈들일까요?"

"글쎄."

"몇 놈 잡아서 족쳐 볼까요?"

"성급하게 굴지 마라. 또한 우리의 능력을 과신하지도 마라. 세상은 넓고 고수는 바닷가의 모래알처럼 많은 법이니 항상 신중해야 한다."

"형님답지 않게 너무 신중한 거 아닙니까?"

"난 항상 신중했다."

악소가 먼저 일어섰다.

"우리가 먼저 적벽으로 가야 한다."

백운이 앞서 나가는 악소의 뒷모습을 응시하며 고개를

절레절레 흔들었다.

'당장 몇 놈 잡아서 족치는 게 저 양반다운 건데……. 그러고 보니 백야벌에서 생활하는 동안에 꽤 신중해지시긴 했네.'

악소는 세상 누구보다 무지막지한 존재였다.

적이라 판단되면 물불을 가리지 않고 죽였으며, 적이 아니더라도 심기를 거스르면 상대를 가리지 않고 칼부터 휘두르고 보는 사람이 악소였다.

잔혹함으로만 따진다면 혈왕보다 더하면 더했지 결코 못하지 않았다.

오죽했으면 별호가 야차왕(夜叉王)일까.

"형님."

"왜."

"혹시 뒤늦게 철이라도 드신 거요?"

"닥치고 따라오기나 해."

피식.

둘은 관도에서 한참 비껴난 곳을 타고 이동했다. 허리까지 쌓인 눈과 촘촘한 밀도를 자랑하는 숲이 이동을 방해했지만, 어느 정도 체력을 회복한 두 사람은 지형을 무시하고 가공할 경공술로 속도를 높여 나갔다.

그러기를 반 시진쯤 지났을까?

선두에서 이동하던 악소는 눈 위를 붉게 물들인 혈흔을

발견하고는 이동을 중단했다.

 백운이 곁으로 내려서며 미간을 좁혔다.

 "이런 외진 곳에 웬 혈흔일까요?"

 악소는 말없이 주변을 살폈다.

 그러다가 숲 좌측에서 한 구의 시신을 발견하고는 눈빛을 발했다.

 "황하수련……."

 시신은 황하수련의 무복을 입고 있었다.

 "저기도 있는데요?"

 백운이 한쪽을 가리켰다. 그곳에도 두 구의 시신이 나뒹굴고 있었다.

 악소는 시신의 상태를 살폈다.

 "죽은 지 한 식경도 지나지 않았군. 게다가 하나같이 상당한 고수한테 당했다."

 "황하수련 놈들이 여기서 뭘하고 있었던 걸까요? 이미 며칠 전에 적벽에서 퇴각을 했다고 들었는데 말입니다."

 "무시하고 그냥 간다."

 그때였다.

 악소의 눈빛이 변하며 검을 뽑았다. 거의 동시에 백운도 대도를 내리며 천천히 돌아섰다.

 스스슥.

 두 사람을 향해 다가서는 자들이 있었다.

정확하게 말하면 숲을 헤치고 나서다가 두 사람과 맞닥뜨렸다고 하는 것이 옳으리라.

 모두 다섯 명. 그중 하나는 황하수련의 대전에서 우문적을 죽이기 위해 나섰던 초로의 노인이었다.

 악소와 백운을 발견한 노인이 대뜸 싸늘히 외쳤다.

 "목격자를 남겨선 안 된다. 두 놈 다 죽여라."

 그러자 두 명이 백운과 악소를 향해 날아들었다.

 파팟.

 백운의 눈썹이 칼날처럼 휘어졌다.

 "어이가 없네."

 그의 대도가 날아드는 자들을 향해 치켜 올라갈 때였다.

 팟!

 악소가 눈보라를 일으키며 날아올랐다.

 동시에 그의 검이 강기를 뿜었고, 강기는 그대로 초로의 노인을 강타했다.

 꽝!

 "억!"

 노인이 외마디 신음을 토하며 뒤로 튕기듯 물러섰다.

 다른 두 황포인이 악소를 향해 달려들었다. 하지만 악소는 그들을 피해 노인을 덮쳤다.

 "……!"

 예상치 못한 상황에 노인은 달려드는 악소를 향해 검을

뻗었다. 쓸데없는 동작은 일체 배제한 놀라울 정도의 쾌검이었다.

노인의 검은 그대로 악소의 심장을 꿰뚫은 것처럼 보였다. 하지만 그건 노인의 착각이었다.

쾅!

궤적을 바꾼 악소의 검이 노인의 검을 위에서 아래로 내려쳤다. 강력한 충격에 노인은 그만 검을 놓치고 말았고, 이후의 결과는 자명했다.

퍽!

"컥!"

악소의 좌수가 노인의 가슴을 꿰뚫었다. 심장이 있는 왼쪽이 아닌 오른쪽이었기에 즉사는 면했지만 회생은 불가능했다.

퍼퍽!

"크악!"

"끄아악!"

뒤에서 처절한 비명이 터졌다.

백운이 상대했던 두 명이 상체와 하체가 분리되는 참혹한 죽음을 맞은 것이다.

"빌어먹을!"

도주를 선택한 두 명이 숲으로 뛰어들었다. 하지만 악소와 백운은 그들보다 훨씬 더 빨랐다.

"한 놈은 살려 둬라, 백운."

악소의 그 말에 도주하던 자의 등을 수직으로 가르려 했던 백운의 대도가 궤적이 바뀌며 다리 하나를 삭둑 잘라 냈다.

퍽!

"크아악!"

동시에 다른 한 명은 악소의 검에 의해 머리가 날아갔다.

악소는 피를 꾸역꾸역 게워 내고 있는 노인을 향해 다가갔다.

노인은 다가오는 악소를 바라보며 좌수를 들어 천령개로 가져갔다. 자결을 할 모양이었다.

하지만 악소가 더 빨랐다.

퍽!

잘린 손이 허공으로 솟구쳐 올라서는 숲 너머로 사라졌다.

"끄어어……."

"방금 목격자 운운했던 것 같은데…… 누굴 쫓고 있는 거지?"

"크으으……."

노인이 악귀처럼 악소를 노려보았다.

악소는 더 물어봤자 소용이 없다는 것을 깨닫고는 노인의 목을 베었다.

서걱.

백운은 다리 하나를 잃고 눈 속에 처박혀 있던 황포인의 머리에 대도를 겨누며 히죽 웃었다.

"봤지? 저 꼴을 당하고 싶지 않거든 여기서 뭘 하고 있었는지 다 털어놓는 게 좋을 거야."

"우, 우문적을 쫓고 있었소."

"……뭐?"

백운은 귀를 의심했다.

우문적을 모를 리 없는 그였다.

"너희 주군 우문적을 말하는 것이냐?"

"그, 그렇소."

백운은 두 눈을 휘둥그레 치떴다.

황하수련의 고수들이 자신들의 주군인 우문적을 왜 쫓는단 말인가.

"너희들…… 반란이라도 일으킨 거냐?"

"우린 그저 군사의 명을 받고 그자를 쫓아왔을 뿐이오."

"가회가 우문적을 죽이라는 명령을 내렸단 말이냐?"

"……그렇소."

"이 자식들, 반란을 일으킨 게 맞잖아. 그럼 우문적은 지금 어디 있지?"

"총단에서 이곳까지 흔적을 쫓아 추적 중이었소. 다만 우리보다 앞서 떠난 동료들이 있는데…… 그들의 말로는 우문적이 적벽의 검가 군영으로 향하는 것 같다고 했소."

백운은 악소를 돌아봤다.

마침 악소가 다가왔다.

"네 입으로 앞서 떠난 동료들이 있다고 했는데…… 모두 몇 명이지?"

"서른 명……."

뒷말은 이어지지 않았다. 악소가 목을 베어 버린 것이다.

철컥!

악소는 검을 거두며 남쪽을 향해 돌아섰다. 백운이 따라붙으며 말했다.

"우문적이면 대어 중의 대어인데…… 무조건 잡고 봐야지 않겠습니까?"

"우리의 주된 임무는 주작전을 찾는 것이다. 물론 적벽으로 내려가는 도중에 우문적의 흔적을 발견하게 된다면……."

"대갈통을 부숴 버려야지요. 아니지? 반란자들에게 쫓기는 신세라면 그냥 살살 구슬려서 주군께 데려갈까요? 명색이 황하수련의 주군이었는데 우리가 모르는 엄청난 정보를 죄다 꿰고 있을 게 아닙니까."

"어떻게 할지는 그때그때 상황에 따라 결정하면 된다. 하니 그만 떠들고 따라오기나 해."

악소의 발밑에서 눈이 치솟아 올랐다. 경공술을 펼치기 위해 공력을 끌어올릴 때 일어나는 현상이었다.

그때였다.

"크악!"

"으아악!"

전방 먼 곳에서 단말마가 울렸다.

"좌측입니다, 형님."

악소는 단말마가 울린 곳을 돌아보며 미간을 좁혔다. 같은 남쪽이라도 단말마가 울린 곳은 적벽으로 향하는 방향에서 살짝 어긋난 쪽이었다.

"대어는 무조건 잡고 봐야지 않겠습니까?"

악소는 잠시 고민을 했다.

하지만 그 시간은 결코 길지 않았다.

"너는 곧장 적벽의 검가 군영으로 가라. 가서 주작전의 행방을 알아보도록 해."

"형님, 혼자서는 무립니다. 조금 전에 들었잖습니까. 우문적을 쫓고 있는 놈들이 서른 명이나 된다고 말입니다."

피식.

"지금 나를 걱정하는 것이냐?"

"아니…… 형님 실력이야 당연히 믿지만, 그래도 상황이 상황이니만큼 저도 같이 가겠습니다. 뭐 하루 정도 늦는다고 별일이야 생기겠습니까?"

"안 될 소리."

"형님!"

"검가의 군영에서 기다리도록 해."

팡!

땅을 박차고 오른 악소는 이내 숲 너머로 사라졌다.

백운은 순식간에 멀어지는 악소의 뒷모습을 응시하며 코에서 뜨거운 김을 뿜었다.

"변하기는 개뿔. 그대로구만."

* * *

콱!

우문적의 우수가 한 장한의 목을 움켜쥐었다.

으드득.

목뼈가 으스러지며 장한은 그대로 숨이 끊어졌고, 또 다른 장한이 우문적의 뒤를 덮쳤다.

파파팟!

우문적이 뒤로 물러서며 눈보라를 일으켰다.

장한의 검은 그가 서 있던 곳을 때렸고, 동시에 우문적의 좌수에서 다섯 줄기 혈광이 날아갔다.

퍼퍼퍽!

"크악!"

꼬꾸라지는 장한의 얼굴에 다섯 개의 구멍이 뚫려 있었다.

"후욱!"

우문적은 크게 숨을 들이켜며 뒤로 주춤주춤 물러섰다.

혈인(血人)이나 다름없는 그의 몸 곳곳에서 끊임없이 피가 흘러내렸고, 피가 엉겨 붙은 입술과 흐릿해진 눈빛은 언제 죽어도 하나 이상할 것이 없을 정도로 참혹했다.

"지독한······."

두 명의 황포인이 그런 우문적을 향해 다가가며 치를 떨었다. 불과 며칠 전까지 우문적을 주군으로 모시던 그들이었다.

그중 하나가 무겁게 말했다.

"이제 그만 포기하시오. 버틸수록 더한 치욕을 당할 뿐이오."

"후후후. 여기서 더한 치욕을 당한다 한들 지금보다 더할까. 후욱!"

우문적은 길게 숨을 토하며 늘어뜨렸던 검을 들어 두 황포인을 겨눴다. 흔들리는 검 끝에 맺힌 혈광은 미약하기 짝이 없었다.

"묻겠다."

"물어보시오."

"처음부터 가회의 편이었느냐?"

"그렇소. 물론 당신이 믿고 있었던 사람들 대부분이 그럴 것이오."

쫘악.

치아에 짓눌린 입술에서 피가 뚝뚝 떨어졌다.

우문적의 얼굴이 경련을 일으켜 갈 때, 한 황포인이 싸늘히 비웃었다.

"그러게 왜 분수에 어울리지도 않는 꿈을 꿔 가지고는……."

황포인은 말을 다 잇지 못했다.

금방이라도 쓰러질 것처럼 보였던 우문적의 검이 혈광을 뿌리며 날아든 탓이었다.

번쩍!

황포인은 반사적으로 몸을 비틀며 수중의 검을 휘둘렀다. 하지만 우문적의 검은 눈으로 보는 것보다 더 빨랐다.

퍽!

"컥!"

검이 꿰뚫은 몸에서 피가 분수처럼 터졌다.

피는 그 옆의 황포인을 덮쳤고, 때를 같이하여 우문적이 다시 움직였다.

황포인의 검도 허공을 갈랐다.

이번에는 황포인의 검이 더 빨랐다. 무모하게 달려든 우문적의 머리가 그대로 날아갈 것만 같았다.

하지만 반전이 일어났다.

"……!"

황포인은 두 눈을 부릅떴다.

우문적이 검의 궤적 안으로 그대로 달려든 것이다. 누

가 봐도 동귀어진의 수법이었다.

팟!

우문적의 등에서 피가 튀었다.

동시에 그의 검이 황포인의 목을 꿰뚫었다.

퍽!

"크억!"

목을 관통당하고 살아남을 자는 이 세상에 없을 터. 황포인은 부릅뜬 두 눈에서 피눈물을 흘리며 앞으로 꼬꾸라졌다.

푹!

"크하악!"

우문적은 괴성을 지르며 몸을 새우처럼 웅크렸다. 이미 한계에 다다른 상태에서 또다시 한 칼을 허용하는 바람에 더는 두 다리로 땅을 밟고 서 있을 힘조차 남아 있지 않았다.

그럼에도 우문적은 쓰러지지 않고 남쪽을 향해 걸었다.

푹. 푹. 푹.

한 걸음 한 걸음 걸을 때마다 숨이 턱 끝까지 차올랐고, 온몸에서 형언할 수 없을 정도의 극심한 통증이 올라와 정신마저 흐릿하게 만들어 놓았지만 우문적은 결코 걸음을 멈추지 않았다.

잠시 후 우문적은 눈 덮인 숲에 가려져 있는 협곡의 초

입을 발견하고는 그 안으로 들어갔다.

 한계에 이른 와중에도 추적을 피하기 위해 얼마 남지도 않은 공력을 끌어올려 눈 위에 손톱만큼의 흔적도 남기지 않았다.

 그때였다.

 삐이익!

 어디선가 날카로운 호각성이 울렸다.

 우문적은 뒤도 돌아보지 않고 더욱더 깊숙한 곳으로 들어갔다.

 "가회……."

 우문적은 가회의 이름을 계속해서 중얼거렸다.

 한계를 초월한 상태에서도 살아남기 위해 끊임없이 움직일 수 있었던 원동력은 가회를 향한 증오와 복수심이었다.

 "우웩!"

 후두둑!

 피를 한 바가지나 게워 낸 우문적이 맥없이 앞으로 꼬꾸라졌다. 하지만 이내 벌레처럼 꿈틀거리며 일어나서는 다시 걷기 시작했다.

 그렇게 얼마나 걸었을까?

 한 치 앞을 내다볼 수 없을 만큼 짙은 수증기와 함께 유황 냄새가 우문적의 걸음을 멈추게 했다.

실룩.

웃는 것일까?

우문적의 입가가 실룩거렸다.

"열천……."

외상 치료에 특효라는 열천이 수증기 너머로 흐릿하게 드러나 있었다.

"하늘이 나 우문적을 돕는구나. 우웩!"

다시 한번 피를 게워 낸 우문적은 유황 냄새와 수증기를 뚫어 내며 열천으로 걸어 들어갔다. 그러고는 운기조식을 취하기 위해 가부좌를 틀었다.

"그럴 여유가 없을 것 같은데."

"……!"

난데없이 울린 무심한 목소리에 우문적은 열천 속에 내려놓았던 검을 움켜쥐고는 벌떡 일어섰다.

수증기 너머에 누군가 서 있었다.

파르르…….

우문적은 눈빛을 떨었다.

'빌어먹을…….'

그때였다.

수증기가 서서히 갈라지며 사람의 형태가 선명해지기 시작했다.

얼마 남지 않은 내공을 검에 끌어 담고 일격을 준비하

고 있던 우문적의 두 눈이 서서히 커졌다. 괴인의 정체는 자신을 쫓아온 황하수련의 고수가 아닌 한 번도 본적이 없는 생소한 얼굴이었다.

괴인은 바로 악소였다.

"그쪽이 우문적인가?"

"너는…… 누구냐."

"너를 죽일 수도, 구해 줄 수도 있는 사람이라고 해 두지."

"……!"

"살고 싶나?"

"살려다오."

우문적은 대뜸 살려 달라고 말했다. 한계에 다다른 그에게 남은 것은 어떻게든 살아남아야 한다는 일념뿐이었다.

눈앞의 악소가 악마라면 그에게 영혼을 팔아서라도 살고 싶었다. 물론 복수 때문이었다.

"살려 주면 대가로 뭘 줄 수 있지?"

"……나를 검가의 군영이 있는 적벽으로 데려가다오. 하면 평생 다 써 보지도 못할 만큼 큰돈을 주겠다."

"검가는 왜 가려 하는 거지? 설마 그곳에 망명이라도 할 생각인가?"

"죽여야 할 놈이 있다. 놈을 죽이려면 검가의 힘이 필요하다. 하니 나를 그곳으로 데려가다오."

악소는 어쩌면 일이 잘 풀릴 것 같은 예감이 들었다.

우문적에게서 어떻게든 살아남아야 한다는 간절함과 절박함을 읽을 수 있었던 것이다.

'주군을 위해서라도 이자의 머릿속에 들어 있는 정보가 필요하다. 그렇다면 강제가 아니라 스스로 따라오게 만들어야 한다.'

생각을 굳힌 악소는 말을 이었다.

"검가는 불과 얼마 전까지 너희 황하수련과 전쟁을 치르면서 수천에 달하는 무사들을 잃었다. 또한 검신은 누구보다 오만하며 자존심 강한 인물이다. 그런 자가 적의 수괴인 너의 망명을 과연 받아 줄까? 물론 받아 줄 가능성도 있겠지만 그러지 않을 가능성이 더 높다고 봐야 할 것 같은데……. 물론 후자가 된다면 너의 복수는 물거품이 된다고 봐야겠지."

"……!"

우문적의 얼굴이 경련을 일으켰다.

악소의 말에 흔들린 것이다.

"정체를 밝혀라. 누군데 나를 설득시키려는 것이냐!"

"착각하고 있군. 내가 지금 너를 쫓고 있는 네 수하들로부터 너를 구해 주려는 것처럼 보이나?"

"……!"

"나는 너를 죽일 명분이 충분한 사람이다. 지금이라도 마음을 먹으면 너의 목을 벨 수도 있지. 하지만 황하수련을 향한 너의 복수심이 매우 필요한 분이 계셔서 너를 살려 주려는 것이다, 우문적."

악소는 굳어 버린 우문적을 직시하며 말을 이었다.

"제안을 하나 하지. 물론 거래라 생각해도 좋다."

"……!"

"검가보다 확실한 곳이 있다. 물론 그곳의 주군은 너의 망명을 흔쾌히 허락하실 것이다. 또한 이후의 너의 삶을 보장할 것이며, 네가 원하는 그 이상의 수준으로 황하수련을 잔혹하게 짓밟아 주실 것이다."

"크크큭."

우문적이 돌연 웃기 시작했다.

그러자 그쳤던 피가 다시 입가를 타고 흘러내렸고 두 눈은 광기마저 머금어 갔다.

"네 정체부터 밝혀라. 하면 네 말을 믿어 보려 노력 정도는 해 보마."

"야차왕."

"……!"

우문적은 두 눈을 부릅떴다.

야차왕이라는 이름은 삶의 마지막 순간을 밟고 있는 우문적마저도 놀라게 만드는 대단한 것이었다.

"검가보다 확실한 곳이라고 했는데…… 그곳이 어딘지 밝혀라."

"북부무림."

"……!"

                * * *

다음 날, 적벽.

쉬지 않고 달린 끝에 예상보다 훨씬 일찍 도착할 수 있었던 백운은 곧장 검가의 군영을 찾았다.

"멈추시오!"

검가의 무사들이 백운을 향해 싸늘히 외쳤다.

백운의 기세가 너무 거칠었던 걸까. 두 명의 무사가 검파에 손을 얹으며 여차하면 검을 뽑을 자세를 취했다.

"북부무림에서 왔소."

"……!"

"급한 일 때문에 높은 사람을 좀 만나고 싶은데…… 안에 기별 좀 넣어 주겠소?"

"잠시만 기다리시오."

무사 한 명이 황급히 안으로 뛰어갔다.

백운은 조금 떨어진 곳에 있던 바위에 엉덩이를 걸치며 검가의 군영 곳곳을 바라봤다.

"역시……."

얼핏 보기에는 흔한 군영의 모습이었지만 곳곳에서 느

껴지는 날카로운 기운과 언제 터질지 모를 듯한 팽팽한 기세는 백운으로 하여금 감탄을 이끌어 내기에 충분했다.

"하긴, 괜히 검가가 아니지."

백운은 우수를 들어 가볍게 휘저었다. 그러자 조금 떨어진 곳에 수북하게 쌓여 있던 눈이 저절로 날아와 그의 손에 쥐여졌다.

백운은 눈으로 갈증을 채우며 검가의 무사들을 응시했다. 시선이 마주치자 백운은 특유의 거친 웃음을 지었고, 검가의 무사들은 슬며시 시선을 피했다.

아무리 검가의 무사라도 악마도(惡魔刀) 백운의 눈빛은 감히 감당할 수 없는 것이었다.

잠시 후 뛰어갔던 무사와 함께 한 사람이 나왔다. 군사 백도량이었다.

"군사를 뵙습니다!"

무사들이 백도량을 향해 머리를 조아렸다.

백운의 눈동자에 이채가 떠올랐다.

'저자가 검가의 군사 백도량이군.'

뜻밖이었다. 높은 사람을 보자고는 했지만 군사가 직접 나올 줄은 상상조차 못하고 있었다.

'우리 북부가 그만큼 대단해졌다는 거겠지. 후후후.'

백운은 내심 웃으며 바위에서 내려와 백도량을 향해 포권을 취했다.

"북부에서 온 백운이라고 하오."

"군사의 직을 맡고 있는 백도량입니다."

평소라면 먼저 '어디 백씨요?'라고 물었을 백운이었다. 하지만 백도량은 농을 건넬 만큼 하찮은 사람이 아니었다.

"긴히 확인해야 할 것이 있어 찾아왔는데…… 시간을 좀 내줄 수 있겠소?"

[주작전 때문입니까?]

난데없이 날아든 백도량의 전음에 백운은 미간을 슬며시 찡그렸다. 백도량이 어떻게 그걸 알고 있을까?

그때 백도량이 손을 들어 군영 안쪽을 가리켰다.

"제 거처로 가시지요."

잠시 후, 백운은 백도량의 막사로 들어섰다.

검신에 이어 이인자라고 할 수 있는 군사의 막사임에도 경계 병력이 없는 것을 보며 백운은 피식 웃었다.

'자신감이 넘치는군. 그나저나 군사 정도면 거들먹거릴 법도 한데 뭔 사람이 이렇게 예의가 바르지?'

말투와 행동, 표정할 것 없이 한 올의 오만함을 찾아볼 수 없는 백도량이었다.

"철혈가주께서 서신을 보내셨습니다. 군영을 찾아오는 사람이 있을 테니 만나게 되면 바로 철혈가로 오라는 말을 전하라 하셨습니다."

"……."

백운은 미간을 좁혔다.

'악소 형님이 서신을 통해 내용을 상세하게 전했다. 주군께서 그 서신을 받고 이곳으로 서신을 보내셨다면, 주작전이 지금 주군가에 있다는 건가?'

떠오르는 가능성은 그것뿐이었다.

백운은 백도량에게 넌지시 물었다.

"혹시 주작전이 이곳을 다녀갔소?"

"예. 며칠 전에 잠깐 다녀갔습니다만."

"어디로 갔는지 아시오?"

"벽력가까지 동행을 하긴 했습니다만 이후에 어디로 갔는지는 모르겠습니다. 다만 암흑마신께서 주작전과 함께 계셨으니 아마도 철혈가로 갔을지도……."

'뭐야, 속속들이 알고 있으면 곤란한데……. 그나저나 형님이 왜 주작전과 함께 있는 거지?'

백운은 눈빛을 고치며 물었다.

"혹시 이 사실을 검가의 모두가 알고 있소?"

"전부는 아니지만 꽤 많은 사람들이 알고 있습니다만……."

"곧 있으면 벌에서 사람들이 찾아올 거요. 그들이 주작전의 행방에 대해 물으면 벽력가까지 동행했다는 것까지만 말해 주면 하는데…… 그래 줄 수 있겠소?"

"무슨 일인지는 모르겠지만 우리가 아는 것은 그게 전부이니 염려하지 않으셔도 될 듯합니다."

대어는 잡고 봐야지 않겠습니까? 〈75〉

"하나만 더 물어봅시다."

"말씀하시지요."

"암흑마신이 주작전과 함께 있다고 했는데…… 그 양반을 어떻게 알아보셨소?"

"벽력가로 향하는 와중에 황하수련과 충돌이 있었습니다. 그때 그분의 무위를 보고 나름 짐작을 했을 뿐입니다."

"눈이 이렇게 생기고, 코와 입술은 요렇게 생기고…… 쇠막대기 같은 것을 들고 있었소?"

"예."

"그럼 그 양반이 맞는데……."

백운은 당최 영문을 모르겠다는 표정을 지으며 중얼거렸다.

그런 백운을 응시하던 백도량은 내심 크게 놀랐다.

'그 양반이라니……. 대체 이 사람은 또 누구기에 천하의 암흑마신을 감히 그 양반이라 칭한단 말인가.'

"막사 하나만 빌릴 수 있겠소? 누구를 좀 기다려야 해서 말이오."

"물론입니다."

* * *

그날 저녁.

백운은 홀로 막사에서 식사를 하며 반주를 즐겼다. 백도량은 그를 위해 내준 상은 제법 푸짐했다.

쪼르륵.

탁!

"올 때가 되었는데……."

아직 오지 않은 악소가 살짝 걱정이 되었다. 물론 그의 실력은 믿었지만 상황이 상황이니만큼 걱정이 되는 것은 어쩔 수 없었다.

'군사가 주군을 몰아내기 위해 반란을 일으키다니…… 이러면 황하수련도 서서히 기울어지는 해라고 봐야 하나?'

다른 곳도 아닌 팔대가문의 한 곳에서 일어난 반란이면 후폭풍은 결코 만만치 않을 터였다.

강호의 역사에서 팔대가문의 주군이 내부의 반란으로 인해 바뀐 적은 한 번도 없었다.

쪼르륵.

탁!

"술맛도 영……."

백운은 술잔을 내려놓고 막사 밖으로 나섰다.

주변에 모여 있던 검가의 무사들이 그가 나오자 슬며시 흩어졌다.

'적벽이나 구경해 볼까?'

백운은 고대의 전사(戰事)가 깃들어 있는 적벽을 향했다. 가는 곳곳마다 삼엄한 경계망이 펼쳐져 있었지만 백운은 아랑곳하지 않았다.

잠시 후, 백운은 녹수(綠水)가 유유히 흐르는 적벽에 이르러 미간을 찡그렸다. 시신이 썩을 때나 나는 악취가 진동했기 때문이다.

'아직까지 시신을 제대로 치우지 못한 모양이군. 하긴 수천 명이 죽어 나갔으니 그럴 법도 하지.'

처음 와 본 적벽의 풍경을 구경할 마음이 싹 사라져 버린 백운은 다시 막사로 발길을 돌렸다.

그러던 백운은 눈빛을 발하며 걸음을 멈췄다. 검가의 군영 안으로 들어서는 백포인들을 본 것이다.

이곳으로 내려오다가 봤던 바로 그 백포인들이었다.

'이제야 도착을 했군.'

백운은 그들이 장로원에서 보낸 자들임을 확신하며 멈췄던 걸음을 다시 뗐다.

그는 일부러 백포인들 가까운 곳으로 접근했다.

백포인 하나가 그를 힐끗 쳐다봤지만 이내 시선을 돌렸다.

백운은 손으로 얼굴을 쓰다듬었다.

'답답하네.'

사실 그는 인피면구를 쓰고 있었다. 그건 악소도 마찬

가지였다.

혹시라도 장로원 쪽과 마주칠 것을 우려한 철군악이 떠나기 전에 인피면구를 건넸던 것이다.

'뭐라도 좀 지껄여 봐라, 자식들아.'

하지만 백포인들은 한 마디 대화조차 없이 안내하는 무사의 뒤를 묵묵히 따를 뿐이었다.

잠시 후, 백운은 백포인들이 군사 백도량의 막사로 들어가는 것을 확인하고는 슬며시 미간을 좁혔다.

'약속은 지키겠지.'

그는 발길을 막사로 돌렸다.

그러다가 다시 걸음을 멈추고는 씩 웃었다.

씨익.

악소가 검가의 무사 한 명과 함께 걸어오고 있었다. 백운은 악소가 다가오기가 무섭게 말했다.

[바로 떠나야 합니다. 주군께서 여기 군사한테 우리가 오면 바로 주군가로 올라오라는 전서를 보내 놓으셨다는데…… 아무래도 주작전이 주군가에 있는 것 같습니다.]

"흠……."

눈빛을 가라앉히며 뭔가 생각을 하는 듯하던 악소가 다른 말을 꺼냈다.

[마차를 빌려야겠다.]

[마차를요? 이 눈길에 마차보다는 그냥 걸어가는 게 더

빠르지 않을까요?]

[데려가야 할 자가 있다.]

악소의 그 말에 백운은 눈치를 챘다.

[혹시 우문적입니까?]

[그래. 그나저나 조금 전에 백포인들…… 내려오다가 본 자들 맞지?]

[예. 그놈들입니다.]

[그럼 서둘러야겠군.]

[마차를 구하려면 검가의 군사한테 부탁을 해 봐야 할 것 같은데…….]

백운은 백도량의 막사를 돌아봤다.

백포인들이 조금 전에 들어갔으니 시간이 제법 걸릴 게 뻔했다.

"시간이 좀 걸릴 것 같으니 일단 막사로 가서 뭐라도 좀 드시죠."

백운은 악소를 조금 전까지 자신이 머물던 막사로 데려갔다. 들어서기가 무섭게 백운이 백도량으로부터 전해 들었던 말을 꺼냈다.

"주작전이 이곳에 들렀다가 다시 벽력가로 올라갔다고 합니다. 한데 무영 형님이 주작전과 함께 움직이고 있는 모양입니다."

"확실한 정보냐?"

"검가의 군사가 설마 제게 거짓말을 할 리는 없잖습니까."

"무영 그 친구가 왜 주작전과 함께 움직이고 있는 거지?"

"뭐, 우리가 모르는 뭔가가 있겠죠. 그나저나 우문적은 어떻게 잡았습니까? 쉽게 잡을 수 있는 놈이 아니었을 텐데 말입니다."

"거래를 했다."

"……예?"

"올라가면서 말해 줄 테니 나가서 군사의 막사나 지켜보도록 해."

"……예."

백운은 막사를 나섰다. 그리고 두 식경쯤 지난 후에 백포인들이 백도량의 막사를 나서는 것을 본 그는 곧장 백도량의 막사로 향했다.

다행히 백도량은 흔쾌히 마차 한 대를 내주었다. 그가 고마움을 표하고 돌아서려던 백운에게 물었다.

"존성대명을 여쭤봐도 되겠습니까?"

"거창하게 존성대명까지는 아니고……."

씨익.

"남들은 나를 악마도라 부릅디다."

"……!"

* * *

철혈가.

나날이 변화하는 그곳의 하늘에 모처럼 먹구름이 가시고 눈부신 태양이 떠올랐다.

부상 치료에 전념하며 틈틈이 이후의 계획을 구상하고 있던 연후는 모처럼 떠오른 태양에 창문을 활짝 열어젖히고 햇볕을 쬐었다.

'지금쯤이면 한창 올라오고 있겠군.'

연후는 악소와 백운을 떠올리며 남쪽 하늘을 바라봤다. 그러다가 시야 한쪽에서 움직이는 누군가를 느끼고는 시선을 돌렸다.

동방리가 걸어오고 있었다.

연후는 그녀의 표정부터 살폈다. 마침 그와 시선이 마주친 동방리가 미간을 곱게 찡그리며 고개를 가로저었다.

"상태가 좋지 않소?"

"기억을 완전히 상실한 것 같아요."

황태를 말함이었다.

연후는 아쉬움을 금치 못했다. 기억을 상실했다면 황태로부터 혈가의 중요 정보를 얻어 내려던 계획이 물거품이 될 수밖에 없었다.

"기억을 살릴 방법은 없는 거요?"

"제 능력으로는 불가능해요."

"더 뛰어난 의술을 지닌 자가 있다면 가능하다는 말이오?"

"그거야 그런 사람을 만나서 물어봐야겠죠. 하지만 제가 본 모든 의서에는 잃어버린 기억을 되살릴 방법은 없다고 적혀 있어서……."

혹시나 했던 연후는 실망감에 쓴웃음을 머금었다.

그 와중에 동방리가 창문을 통해 훌쩍 뛰어 들어왔다. 이제 그녀는 십 장 정도는 별 어려움 없이 한 번의 도약만으로 올라서는 수준에 이르러 있었다.

"환부를 살펴야 하니 앉으세요."

연후는 의자에 앉아 상의를 벗었다.

"통증은 좀 어때요?"

"제법 가라앉았소."

"그래도 다친 곳이 워낙 예민한 부위이니 며칠 더 조심하셔야 해요."

"알겠소."

동방리는 환부에 그녀가 직접 제조한 금창약을 바르고 천을 갈았다.

그때 밖에서 송영의 목소리가 울렸다.

"접니다, 주군."

"들어와."

송영이 문을 열고 들어섰다.

"어? 가주님이 계셨군요."

"무슨 일이지?"

"예. 이것저것 보고를 드릴 게 있어서요. 잠시 후에 올까요?"

"괜찮으니 거기 앉아."

"예."

송영은 머리를 긁적이며 자리에 앉았다. 그런 그의 손에 두툼한 장부가 두 개나 들려 있었다.

"그럼 보고 드리겠습니다. 먼저 철광산 두 곳이 본격적으로 채굴에 들어갔습니다. 최소 두 달 후면 상품화된 철을 만질 수 있을 것 같습니다. 그리고 주군가가 직접 관장하는 상단과 표국도 모든 준비를 마쳤습니다."

송영의 보고는 꽤 오랫동안 이어졌다. 대부분이 북부의 중점 사업과 관련된 보고였다.

연후는 다른 무엇보다 철광산이 본격적인 채굴에 들어간 것이 매우 흡족했다.

두 곳의 철광산이 철혈가와 북부에 어마어마한 돈을 벌게 해 줄 거라 믿고 있었다. 재력이 곧 전력화로 이어지는 작금의 시대에서 두 개의 철광산은 북부의 심장이라 해도 과언이 아닐 것이다.

"축하드려요, 주군."

"고맙소."

"하나 더…… 있습니다."

송영이 머리를 긁적였다.

"안 좋은 것이냐?"

"그게…… 주군의 검이 다시 부러졌습니다. 부러진 부위에 최상품 철을 녹여 접합해 보려 했지만, 강도가 전혀 살아나질 않습니다. 최선을 다했지만 제 능력으로는 역부족인 것 같아서…… 죄송합니다, 주군."

"수고했다."

"예. 그럼 이만 가 보겠습니다."

송영이 일어서서 문고리를 잡아 가려 할 때였다.

"접니다, 주군."

서백의 목소리가 흘러들었다.

송영이 문을 열자 서백이 들어섰다.

"벌에서 전서가 왔습니다. 연통의 문양을 보면 공문인 것 같습니다."

연후는 서백이 건넨 전서를 펼쳤다. 그런데 공문에 찍힌 직인이 소무백의 것이 아니라 장로원주 서문회의 것이었다.

'이젠 대놓고 벌의 주인 행세를 하려 하는군.'

공문이면 마땅히 소무백의 직인이 찍혀야 했다. 하물며 팔대가문에 보내는 공문이면 더더욱 그러해야 했다.

연후는 공문의 내용을 읽어 내려갔다.

점차 읽어 갈수록 연후의 눈빛이 무겁게 가라앉자, 동방리를 비롯한 세 사람은 서로를 쳐다보며 의아한 표정을 지었다.

"읽어 보겠소?"

"예."

연후는 동방리에게 공문을 건네고는 의자에 깊숙이 몸을 묻었다.

잠시 후, 서백과 송영도 공문의 내용을 확인하고는 두 눈을 동그랗게 치떴다.

동방리가 물었다.

"거짓말이겠죠?"

"아마 그럴 거요."

"어떻게 이럴 수가 있죠? 주작전에게 반역의 죄를 덮어씌운 것도 모자라, 현상 수배까지 내리다니요."

그랬다.

공문의 내용은 주작전이 반역을 획책하다가 들통이 나자 벌의 무사들을 죽이고 도주한 것이라 적혀 있었다. 그리고 그녀들을 잡거나 죽이면 포상을 하겠다는 내용까지 적혀 있었다.

다만 소향에 대한 언급은 없었다.

'사실이라면 철군악 사자가 먼저 내게 알려왔을 것이다.'

물론 굳이 그렇지 않더라도 연후는 차소령을 믿었다.

송영이 조심스럽게 입을 열었다.

"일이 이렇게 되었으니 기밀 유지에 만전을 기해야 할 것 같습니다. 만에 하나 주작전이 이곳에 있다는 것이 알려지면……."

서백이 말을 받았다.

"그건 걱정하지 않아도 될 것 같습니다. 어차피 우리 내부에서도 그들이 주작전이라는 것을 아는 사람은 극소수에 불과하니까요."

"차 전주님께도 이 사실을 알려야 하지 않을까요?"

"내가 직접 전하겠소."

연후는 자리에서 일어났다. 그러자 동방리가 벽에 걸려 있는 장포를 가져와 건넸다.

그 모습을 보며 서백과 송영은 서로를 쳐다보며 의미심장한 눈빛을 주고받았다.

거처를 나온 연후는 별채로 향했다.

마침 마당에 나와 햇볕을 쬐고 있던 차소령이 정문까지 나와 그를 맞았다.

"주군을 뵈어요."

연후의 말에 따라 그녀는 가주가 아닌 주군이라는 칭호를 썼다. 주작전의 여무사들도 철혈가의 다른 무사들과 똑같이 군례를 취했다.

"전할 말이 있소."

"들어가시지요."

"뒷마당이 좋겠소."

연후와 차소령은 별채의 뒷마당으로 향했다. 그곳에서 연후는 공문의 내용을 전했다.

파르르…….

차소령은 눈빛을 떨며 지그시 입술을 깨물었다.

너무 억울하면 눈물부터 나온다고 했던가. 한없이 강인하기만 하던 그녀의 눈가가 붉게 물들어 갔다.

"언젠가는 명예를 회복할 수 있을 테니 분해도 참으시오."

주르륵.

기어코 차소령의 뺨을 타고 눈물이 흘러내렸다. 뒤이어 씹어뱉듯이 말했다.

"숱한 비밀 작전에서 목숨을 바쳐 가며 벌을 위해 싸워 온 우리 주작전인데……."

얼마나 분했는지 호흡이 거칠어지며 뒷말조차 제대로 잇지 못하는 차소령이었다.

"당장은 현실적인 문제부터 해결을 해야겠소."

"그게 무슨……."

"차 전주와 소저, 그리고 주작대원 모두에게 지급할 인피면구를 제작해 주겠소. 제작이 끝날 때까지는 답답하더라도 인근 도시에 나가는 것도 금하도록 하시오."

"감사합니다."

"그리고 소저에게는 당분간 비밀로 하는 게 좋겠소."

"……예. 그렇게 할게요."

소향을 떠올린 차소령은 다시 눈물을 왈칵 쏟았다. 자신들도 억울하지만, 태어나고 자란 곳에서 아무런 죄도 없이 쫓겨난 그녀가 이제 다시는 돌아갈 수 없게 되었다는 생각에 억장이 무너져 내렸다.

연후는 그런 차소령을 응시하며 한마디 했다.

"때론 분노가 사람을 더 강하게 만들어 줄 때도 있는 법이오. 지금 차 전주가 그러할 때인 것 같소. 분하고 억울하고 원통이 터져도 장로원주가 야욕을 드러낼 때를 기다리며 더 강해지도록 노력하시오. 원한다면 내가 돕겠소."

꽈악.

"예, 주군."

차소령의 상아처럼 흰 치아가 입술을 파고들며 피가 떨어졌다.

3장
괴물의 왕국

괴물의 왕국

두두두!

한 대의 마차가 눈보라를 일으키며 관도 위를 질주했다.

검가의 군영을 떠나 철혈가로 향하고 있는 악소와 백운이었다. 마차 안에는 우문적이 함께 타고 있었다.

두두두!

마차는 제법 빠른 속도로 달렸다.

다행히 다른 곳에 비해 관도 위에 눈이 많이 쌓여 있지를 않아 어느 정도 속도를 낼 수 있었지만 둘의 성에 찰 리가 없었다.

백운이 물었다.

"저 작자, 내공을 제압해 두지 않아도 괜찮을까요?"

"지금 저자에게 남은 것은 가회를 향한 복수심뿐이다. 오죽했으면 황하수련과 전쟁을 치렀던 검가에 망명을 할 생각을 다 했겠느냐. 설사 도망을 간다 해도 다시 잡으면 될 일이니 걱정하지 마라."

"흠…… 확실히 변했습니다."

"뭐가."

"뭐긴요. 공포와 잔혹함의 대명사인 야차왕이 이렇게 낙관적일 줄은 미처 몰랐습니다."

피식.

"그나저나 곧 해가 떨어질 것 같은데 가까운 도시에 들어가서 하룻밤 보내고 가시죠. 우리야 상관없지만 저 작자는 의원을 찾아가 약이라도 먹여야지 않겠습니까?"

악소는 묵묵히 고개를 끄덕이며 전방을 살폈다. 마침 멀지 않은 곳에 도시의 초입이 보이기 시작했다.

"저곳이 좋겠군."

두두두!

잠시 후 마차는 도시의 저잣거리로 들어섰다.

주변을 둘러보던 백운이 눈을 동그랗게 치떴다.

"뭐야, 저거."

"뭔데 그래."

"저기……."

백운이 손을 들어 저잣거리 좌측을 가리켰다. 그곳에

큼지막한 용모파기와 함께 대자보가 붙어 있었는데, 용모파기 아래에 쓰여 있는 글귀가 악소의 두 눈을 가라앉게 만들었다.

"저 용모파기의 임자가 주작전주 차소령인 모양이군."

"그렇겠지요."

"누명을 써도 제대로 쓴 것 같군."

"자식들이 누명을 씌워도 좀 그럴듯한 걸로 씌우지. 주작전이 무슨 힘이 있어 반역을 도모해. 하여간에 하는 짓거리들 하고는, 쯧쯧쯧."

혀를 찬 백운이 고개를 갸웃하며 말을 이었다.

"장로원주가 저렇게까지 하면서 주작전을 잡으려 하는 이유가 대체 뭘까요?"

"우리가 모르는 뭔가가 있겠지."

"그 뭔가를 철군악 사자는 알고 있을까요?"

"글쎄다."

"젠장! 도통 뭐가 뭔지 알 수가 있어야지."

와중에 마차는 저잣거리 외곽의 한 객잔 앞에서 멈췄다.

"너는 의원을 찾아서 이리로 데려오도록 해."

"예. 오다가 한 곳 봐 둔 곳이 있으니 금방 데려오지요. 제 것도 좀 같이 시켜 놓으세요."

악소는 저잣거리 북쪽으로 뛰어가는 백운을 잠시 지켜

보다가 마차의 문을 열었다.

우문적이 바닥에 누운 채 고통에 신음하고 있었다. 할 수 있는 응급 처치는 해 두었지만 통증은 어쩔 수가 없었다.

"의원을 데리러 갔으니 방에서 기다립시다."

"크윽!"

우문적은 어금니를 악물며 간신히 일어서서는 밖으로 나섰다. 그는 그래도 아직 자존심은 남아 있는지 부축을 하려는 악소의 손길을 뿌리쳤다.

잠시 후 악소는 우문적을 방에 눕혀 놓고 일 층으로 내려와 자리를 잡았다.

그리고 냉수를 마시기 위해 물그릇을 쥐어 갈 때였다.

덜컹.

객잔의 문을 열고 들어서는 자들이 있었다. 눈처럼 흰 백포를 걸친 그들은 장로원에서 보낸 것으로 추정되는 바로 그 백포인들 중 세 명이었다.

'동선이 겹치지 않으려고 일부러 우회를 해서 왔는데……'

악소는 담담히 물그릇을 입으로 가져갔다.

백포인들은 그런 악소를 한 번 쳐다보았을 뿐, 이내 구석진 곳에 자리를 잡고 앉았다.

그때 백운이 의원과 함께 들어섰다.

백포인들을 발견한 백운이 악소를 응시했다.

[삼 층 첫 번째 방이다.]

잠시 후 의원을 우문적이 있는 방에 데려다주고 내려온 백운은 악소의 맞은편에 앉으며 전음을 날렸다.

[우리를 쫓아온 건 아니겠지요?]

[그런 건 아닌 것 같은데…….]

[성가신데 그냥 다 죽여 버릴까요? 어차피 인피면구도 썼겠다, 어디 묻어 버리면 누가 알겠습니까.]

[안 들은 걸로 하마.]

마침 점소이가 주문을 한 요리와 술을 갖고 왔다.

"맛있게 드십쇼!"

"미리 술 한 병 더 가져와."

"옙!"

백운은 술병의 마개부터 열었고 악소는 젓가락을 쥐었다.

둘은 백포인들을 무시하고 태연하게 식사를 이어 갔다. 그렇게 한 식경쯤 지났을 때였다.

덜컹.

문이 열리며 찬바람이 확 들이쳤다. 뒤이어 두 명의 회포인이 객잔 안으로 들어섰다.

순간 백운이 손에 쥐고 있던 술잔이 살짝 흔들리며 술이 넘쳤다.

투둑.

'뭐야, 이것들은.'

 눈빛이 무겁게 변한 백운에 반해 악소는 묵묵히 젓가락질을 할 뿐이었다. 하지만 그는 회포인들이 들어서는 순간부터 신경을 집중하고 있었다.

 그때였다.

 짤랑.

 회포인들이 자리에 앉으면서 가벼운 쇳소리가 울렸다. 쇳소리는 검의 손잡이에 달려 있던 반월 모양의 장식이 흔들리면서 울린 것이었다.

 [형님, 봤습니까?]

 백운의 전음에 악소는 묵묵히 고개를 끄덕였다.

 '월가…….'

 팔대가문 중 귀령가와 더불어 가장 신비에 쌓여 있는 집단 월가(月家).

 그곳의 고수들은 색깔만 다를 뿐, 지위 고하를 막론하고 누구든 반월 모양의 장식을 하고 다니는 것으로 알려져 있었다.

 [월가가 장로원주와 손을 잡은 걸까요?]

 [글쎄다.]

 최근 백야벌의 장로원을 은밀히 찾았던 월가다.

 그랬던 그들이 장로원주 서문회가 추적하고 있는 주작전의 행적을 쫓아 검가의 군영까지 찾아왔다는 것은 정황상 월가와 장로원주 서문회가 손을 잡은 것을 의심할 수밖에 없었다.

그러나 아직 속단할 수는 없었다. 확실한 증거가 없는 이상, 그들이 함부로 판단할 일이 아니었다.

악소는 더 이상 관심이 없다는 듯 다시 식사를 이어 갔다. 백운은 술잔을 기울이며 월가의 고수들을 힐끗거렸다.

[저 자식들, 소문만큼 강할까요?]

[쓸데없는 생각은 하지도 마라. 우린 최대한 빨리 우문적을 데리고 주군가로 올라가야 한다.]

탁!

악소가 젓가락을 내려놓으며 일어섰다.

"아침 일찍 떠나야 하니 그만 올라가자."

"술이 남았는데요?"

"들고 올라오든가."

"뭘 들고 올라갑니까."

벌컥벌컥!

백운은 술을 병째 들이켜고는 요리 한 점을 입안에 털어놓고 일어섰다.

공교롭게도 계단 앞에 월가의 고수들이 앉아 있었다.

악소와 백운이 그들을 지나쳐 계단으로 올라섰지만 월가의 고수들은 그들을 쳐다보지도 않았다.

* * *

 그날 밤.

 백운은 침상에 눕기가 무섭게 코까지 골며 깊은 잠에 빠져들었다. 며칠 동안 제대로 쉬지도 못한 채 강행군을 한 탓에 피로가 극에 달해 있었던 까닭이다.

 그에 반해 악소는 창문을 열어젖히고 저잣거리 곳곳을 살피는 중이었다.

 그는 우문적과 같은 방을 썼는데, 의원이 다녀간 이후 통증이 어느 정도 완화된 우문적은 악소가 가져다준 음식으로 허기를 달래고 있었다.

 휘이잉!

 바람이 제법 거겠다. 냉기까지 더해진 바람은 금세 방 안을 냉골로 만들어 놓았다.

 "이봐, 야차왕."

 우문적이 악소를 불렀다.

 악소는 밤하늘에 시선을 던져 놓은 채로 말했다.

 "함부로 부르지 말라고 했을 텐데."

 "그럼 이름을 알려 주든가."

 "……."

 그러고 보니 이름을 말하지 않았다. 아니, 말할 필요가 없었던 것이다.

"악소. 그게 내 이름이오."

"별호와는 전혀 어울리지 않는 이름이군."

"말수가 많아지는 것을 보니 슬슬 살 만해지는 모양이군."

"하나 물어볼 게 있는데."

"뭐요."

"철혈가주 말인데…… 네가 더 약해서 그의 수하가 된 거냐?"

"물론이오."

"싸워 봤느냐?"

"물론이오."

"어떻게 졌는지 물어봐도 될까?"

"솔직한 답을 원하시오?"

"당연하지."

"아주 무참히 박살이 났소."

우문적은 믿을 수 없다는 표정이었다. 천하의 야차왕이 무참히 박살이 날 정도면 도대체 연후는 얼마나 강하다는 소릴까.

"주군이라고 추켜세우지 말고 솔직히 말해 봐."

"첫 대결에서는 이백 초를 버텼소. 하지만 두 번째 대결에서는 오 초 만에 졌소."

"……!"

악소가 돌아섰다.

그는 멍한 표정을 짓고 앉은 우문적을 내려다보며 말을 이었다.

"백야벌의 회합에서 주군께 꽤 건방을 떨었다고 들었소. 아마 그곳이 백야벌이 아니었다면 당신은 이미 죽었을 거요."

"나를 우습게 보지 마라."

"팔대가문의 수장을 우습게 봐서야 되겠소. 다만 그만큼 무서운 분이라는 말이니, 혹시라도 쓸데없는 객기 따윈 아예 부릴 생각도 말라고 미리 경고하는 거요."

"크흠!"

"거긴 암흑마신도 있소."

우문적이 두 눈을 치떴다.

"암흑마신이…… 철혈가에 있단 말이냐?"

"곧 보게 될 거요. 그 친구 앞에서도 함부로 행동하지 마시오. 평소에는 아주 점잖지만 수틀리면 누구든 죽이고 보는 친구니까."

"암흑마신도 철혈가주의 수하냐?"

"그렇소."

우문적은 심하게 다쳐서 제대로 움직일 수도 없는 머리를 절레절레 흔들었다.

혈왕이 철혈가에 있다는 건 천하가 아는 사실이었다. 그 하나만으로도 놀라운 일인데, 야차왕에 암흑마신까지 있다니.

"저 코 고는 친구의 정체는 궁금하지 않소?"
"저 덩치도 대단한 놈인가?"
"악마도. 그게 저 친구 별호요."
"……!"
탁!
우문적은 결국 젓가락을 떨어뜨리고 말았다.
"빌어먹을. 무슨 괴물의 왕국도 아니고."
"내가 왜 이런 말을 하는지 알겠소?"
"자랑질에 이유가 있나?"
"자랑이 아니오. 그만큼 우리 북부가 강하니 쓸데없는 걱정은 집어치우고 순순히 협조하라는 뜻에서 한 말이오."
"걱정 마라. 내가 비록 악당 소리를 들으며 살아왔지만 한 입으로 두 말을 한 적은 없다. 하니 너희들이나 약속을 지켜라."
"하나 빠트린 게 있소."
"또 뭔데!"
이제는 짜증까지 내는 우문적이었다.
악소는 한 사람을 떠올리며 말을 이었다.
"주군의 곁을 그림자처럼 지키는 친구가 있소. 그 친구는 주군을 불경스러운 눈으로 쳐다만 봐도 칼이 날아들 수도 있으니 조심하시오."

"……."

탁!

악소는 창문을 닫았다.

"일찍 길을 떠나야 하니 그만 자도록 하시오."

"아파서 잠이 오질 않는다."

"아침에 봅시다."

투둑!

두 줄기 지풍이 날아들어 수혈을 두드리자 우문적은 그대로 깊은 잠에 빠졌다.

* * *

연후의 손에 한 장의 전서가 쥐어졌다.

철군악이 보낸 전서였다.

전서에는 주작전과 관련한 내용부터 악소와 백운에게 주작전을 찾아 달라는 부탁을 한 것과 그 이외에도 여러 가지 내용이 장문으로 담겨 있었다.

다른 것은 이미 다 알고 있는 내용이었지만 마지막은 아니었다.

두 사람이 떠난 직후 월가가 주작전을 찾아 움직였다는 사실을 확인했습니다. 가주께서는 알고 계셔야 할 것 같아서 이렇게 전서를 통해 전합니다.

만에 하나 두 사람이 잘못된다면 제가 모든 책임을 지고…… 後略.

연후는 전서를 내려놓고 찻잔을 들어 입으로 가져갔다.

탁.

'월가가 움직였다면…….'

이 사실을 악소와 백운은 모르고 있을 것이다.

그들이 떠난 직후에 철군악도 그와 같은 사실을 알았으니 따로 전할 방법이 없었을 것이다. 그랬으니 두 사람이 잘못되면 자신이 책임을 지겠다는 말을 적었을 터였다.

'악소와 백운이 함께 움직이고 있다면 걱정할 것도 없다.'

연후는 자리에서 일어나 창문을 열었다.

"거기 있나?"

"예, 주군."

서백의 목소리가 지붕 위에서 들려왔다.

그렇게 하지 말래도 철우처럼 지붕 위를 지키고 있는 서백이었다.

"적벽에서 본 가로 이어지는 길목에 사람들을 보내서 악소와 백운을 찾도록 해. 개방에도 부탁을 해 놓도록 하고."
"찾으면 뭐라고 할까요?"
"월가가 주작전을 쫓고 있다고만 전해라."
"알겠습니다."
지붕 위에서 서백의 기운이 사라지자 연후는 달빛이 내려앉은 세상을 잠시 바라봤다.
'올 때가 되었는데…….'
그의 머릿속에 떠오른 건 철우였다.
소림사로 떠난 그가 아직 돌아오지 않고 있었다.

* * *

다음 날 아침.
서백이 이른 시간부터 연후의 거처를 찾았다.
"개방에서 전서를 보내왔습니다."
연후는 의아했다. 개방에서 자신에게 전서를 보낼 만한 일로 떠오르는 바가 없었다.
"제가 읽어 볼까요?"
"읽어 봐."
서백이 전서를 펼쳤다.
"어? 악소 형님이 보낸 겁니다."
"악소가?"

"예. 개방 지부에 들러 전서구를 한 마리 빌린 모양입니다. 직접 읽어 보시죠."

연후는 서백이 건넨 전서를 손에 쥐었다.

황하수련의 군사 가회가 반란을 일으켰…… 中略. 해서 우문적과 함께 이동하는 중인데 그자가 부상을 입어 어쩔 수 없이 마차를 이용해야 해서 사흘 정도는 더 걸릴 듯…… 後略.

'우문적을 데려오고 있다니…….'

연후조차도 놀라지 않을 수 없는 내용이었다.

황하수련에 반란이 일어난 것도 놀랍지만, 우문적이 망명을 위해 철혈가로 오고 있다는 것은 직접 보고도 믿기지가 않았다.

"무슨 일인데 그러십니까?"

연후는 대답 대신 전서를 건넸다.

전서의 내용을 확인한 서백이 두 눈을 부릅뜨며 경탄성을 발했다.

"이야…… 이 형님들이 대박을 터트렸군요! 우문적이 망명을 해 오면 우리는 가만히 앉아서 황하수련의 주요 정보를 얻을 수 있지 않습니까!"

연후는 묵묵히 고개를 끄덕였다. 그 역시 전서를 보는

괴물의 왕국 〈107〉

순간 그런 생각을 떠올리고 있었다.

"형님이 어느 방향으로 온다고 알려 줬으니 그곳으로 사람들을 보낼까요?"

"내가 직접 가야겠다."

"몸도 성치 않으신데 그냥 저희들이 가겠습니다."

"난 이미 멀쩡하다."

서백이 두 눈을 휘둥그레 치뜰 때, 연후는 자리를 박차고 일어나 장포를 걸치고 밖으로 나섰다. 마침 동방리가 탕약을 갖고 들어서다가 그와 마주쳤다.

"어디 가세요?

"중요한 일이 생겼소."

"아직은 함부로 움직이시면 안 되는데……."

"조심하겠소."

"또 혼자 가시는 건 아니죠?"

서백이 웃으며 나섰다.

"제가 모실 겁니다."

"그럼 이거라도 마시고 가세요."

연후는 동방리가 건넨 탕약을 단숨에 비워 버리고는 거처를 나섰다.

"다녀오세요."

"한 며칠 걸릴 수도 있으니 내 염려는 말고 소저를 돌보는 데 집중해 주시오."

"그럴게요."

연후는 동방리의 배웅을 뒤로하고 서백과 함께 혈왕군의 군영을 향해 움직였다.

가면서 연후는 머릿속으로 그림을 그리기 시작했다.

'우문적에게서 얻어 낼 정보를 검가에 건넨다면…….'

연후는 검신 북궁소를 떠올리며 흐릿하게 웃었다.

'이미 자존심이 상할 대로 상해 있는 검신은 절대 가만 있지 않을 것이다.'

* * *

휘이잉!

사나운 북풍이 쌓인 눈을 쓸고 지나가자 어김없이 눈보라가 일었다.

푸르륵!

강력한 북풍은 마차를 끄는 말들마저 금방 지치게 만들어 놓았다.

푸르륵.

"망할 놈에 바람 때문에 주군가까지 가려면 한 세월이겠습니다. 그나저나 전서구가 이 바람을 뚫고 제대로 주군가까지 날아갔을지 걱정입니다."

백운이 푸념을 늘어놓았다.

그러나 악소는 강풍이 불거나 말거나 옆자리에서 팔짱을 한 채 눈을 감고 있었다. 그 모습이 마치 잠을 자는 듯하여 백운은 실소를 머금었다.
"잡니까?"
"자꾸 성가시게 할 거냐?"
"아, 예. 그냥 푹 주무세요. 예."
 그렇게 반 시진쯤 이동했을까?
"빌어먹을. 저건 또 뭐야."
 백운이 말의 고삐를 끌어당기며 인상을 썼다. 전방에 바람을 이기지 못하고 쓰러진 듯한 나무 한 그루가 관도를 가로막고 있었던 것이다.
 악소는 여전히 눈을 감고 있었다.
 백운은 그를 힐끗 쳐다보고는 마차에서 훌쩍 뛰어내렸다.
 그때였다.
"누가 있다."
 악소의 목소리에 백운은 그를 돌아봤다.
 눈을 뜬 악소가 가슴에 품고 있던 검을 내리며 관도 좌측을 응시했다. 백운의 두 눈도 자연스럽게 관도 좌측의 숲을 향해 돌아갔다.
 하지만 보이는 것이라고는 바람을 이기지 못하고 사납게 흔들리는 숲뿐이었고, 들리는 것이라고는 귀곡성과 같은 맹렬한 바람 소리가 전부였다.

"잘못 들은 거 아닙니까?"

"내가 살펴보고 오마."

팟!

악소가 앉은 자세 그대로 허공으로 솟구쳐 올랐다. 백운은 만약의 사태에 대비해 대도를 반쯤 뽑아 놓고는 주변을 날카롭게 살폈다.

하지만 어디에서도 사람의 기척은 발견할 수가 없었다.

휘리릭.

악소가 돌아왔다.

"나무나 치워라."

"뭐였습니까?"

"……멧돼지."

"흐흐흐. 형님이 이런 실수를 할 때도 있군요."

백운은 나무를 치웠고, 이동이 재개되었다.

그들이 떠난 직후, 마차가 잠시 멈췄던 곳으로 한 무리의 인마가 모습을 드러냈다. 장로원의 고수들이었다.

두두두!

상대적으로 마차보다 빨랐던 까닭에 그들은 순식간에 악소와 백운의 마차를 따라잡았다.

백운이 뒤를 돌아보고는 안광을 번뜩였다.

"저 자식들이 우리를 쫓아오는 걸까요?"

"무시하고 그냥 가자."

"저 자식들 신경 쓰는 게 여간 귀찮은 게 아닌데…… 지금이라도 그냥 죽이죠? 여기서 죽이면 아무도 모를 텐데 말입니다."

"상대를 완벽하게 모르는 상황에서 섣불리 싸울 순 없다. 만에 하나 한 놈이라도 살아서 빠져나가면 일이 복잡해진다."

"쩝."

백운은 입맛을 다셨다.

그런 와중에 백포인들은 바로 뒤까지 따라붙었다. 백운은 대도를 무릎 위에 올리며 손잡이를 오른손 쪽으로 돌려놓았다.

'제발 시비라도 걸어라.'

하지만 백운의 바람은 여지없이 깨졌다. 백포인들이 마차를 그냥 지나친 것이다.

"우리가 적벽에서 나왔다는 것을 모르는 모양입니다. 저는 또 알고 쫓아오는 줄 알았는데 말이죠."

"알았으면 하는 것 같군."

"흐흐흐."

휘이잉!

북풍은 점점 더 사납게 변해 갔다.

그사이 백포인들은 두 사람의 시야에서 완전히 사라졌다.

"형님! 점점 더 길이 안 좋아질 것 같은데 다른 방향으로 올라갈까요?"

"주군께 가는 방향을 알려 드렸다. 하니 곧장 쭉 가야 한다."

휘이잉!

콰우우…….

마차의 속도는 점점 더 느려졌다. 강풍도 강풍이지만 관도 곳곳에 바람을 이기지 못하고 쓰러진 나무들이 이동을 방해했기 때문이다.

그렇게 다시 반 시진이라는 시간이 흘러갔다. 그때까지 악소와 백운은 평소의 절반에도 미치지 못하는 거리를 이동했다.

쿵쿵!

우문적이 마차의 벽을 두드렸다.

"무슨 일이오."

"볼일 좀 봐야겠다."

악소가 미간을 좁혔다.

"잠시 멈춰라."

"가지가지 한다, 망할 놈이."

마차가 멈추자 우문적이 마차 밖으로 나섰다. 여전히

부상의 정도가 심했던 까닭에 마차에서 내리는데도 한참이 걸렸다.

백운이 시큰둥하게 말했다.

"큰 거면 바람 뒤쪽으로 가서 싸쇼."

"뒤 좀 닦아 주지그래."

"그러다 대갈통 날아가는 수가 있수."

우문적은 관도 옆으로 들어갔다. 악소가 그를 쳐다보지도 않자 백운이 미간에 주름을 잡으며 말했다.

"지켜봐야 하는 거 아닙니까?"

"저 몸으로 어딜 도망가겠나."

"엄살일 수도 있잖아요."

그때였다.

뿌지직.

"아, 저 빌어먹을 새끼."

잠시 후, 이동이 재개되었다.

하지만 이번에는 채 몇 식경도 올라가지 못하고 마차를 세워야 했다.

전방에 쓰러져 있는 자들이 있었다. 그들을 앞질러 갔던 백포인들 중 일부였다.

"누가 이놈들을 죽였을까요?"

악소는 말없이 시신들을 살폈다. 그러다가 안광을 번뜩인 것은 한 백포인의 가슴에 나 있는 상처를 확인했을 때였다.

정확하게 말하면 가슴과 등 뒤쪽이었다.

'이건 권흔인데…….'

백포인의 가슴에 나 있는 흔적은 권흔(拳痕)이었다. 그리고 등 뒤쪽은 커다란 구멍이 뻥 하고 뚫려 있었고, 주변에 얼어붙은 살점과 뼛조각이 펼쳐져 있었다.

백도량이 두 눈을 치떴다.

"이건 주먹에 당한 흔적이지 않습니까?"

"정확하게 말하면 권강에 당한 거겠지."

"권강 말입니까? 당대 강호에 권강을 펼칠 수 있을 정도의 고수는 얼마 없을 텐데……."

강호에 권법이나 장법, 각법 등을 익힌 고수는 많지만, 강기를 두를 수 있을 정도의 경지까지 익힌 고수는 흔치 않았다.

대부분 검법이나 도법, 창법 등 병장기를 사용하는 무공을 주로 익히며, 권장법과 같은 무공은 부수적으로만 익히는 탓이었다.

그때였다.

"으으…….."

관도 옆 숲에서 신음성이 흘러나왔다.

바람 소리 때문에 집중하지 않으면 놓칠 수밖에 없을 정도로 신음성의 크기는 미약하기 그지없었다.

재빨리 숲으로 뛰어든 악소는 눈 속에 파묻힌 채 신음하고 있는 한 백포인을 발견할 수 있었다.

 악소는 재빨리 다가가 백포인의 장문혈에 손바닥을 밀착시키고 진기를 불어넣었다.

 그러자 생기가 빠져나가던 백포인의 동공이 살짝 밝아졌다.

 "누가 너희들을 죽였느냐?"

 "누…… 구요?"

 "장로원주의 명령으로 주작전을 찾기 위해 벌에서 나온 사람들이다."

 악소는 태연하게 백포인을 안심시켰다.

 "스, 승려와 시비가 붙었다가……."

 '승려?'

 "아, 악마 같은 자가……."

 삶의 끝자락에 서 있었던 까닭에 백포인은 횡설수설했다. 그러고는 곧 숨이 끊어졌다.

 '승려와 악마 같은 자라면 두 명이라는 말인가? 아니면 승려를 두고 한 말일까.'

 악소는 의문을 품으며 관도로 나섰다.

 백운이 물었다.

 "뭘 좀 알아냈습니까?"

 "승려하고 시비가 붙었던 모양이다."

"승려요? 아니, 승려가 이놈들을 개처럼 때려잡았단 말입니까?"

"일단은 그렇다고 봐야 할 것 같다. 어쩌면 한 명이 더 있을 수도 있고."

악소는 백운의 옆자리로 올라섰다.

"그만 가자."

"점점 더 쫄깃쫄깃해지는 게 주군가로 올라가는 길이 심심하지는 않겠습니다. 흐흐흐."

그때 우문적의 목소리가 마차 안에서부터 흘러나왔다.

"무슨 일이냐? 황하수련 놈들이 쫓아왔느냐?"

"댁은 신경 끄고 잠이나 처자쇼."

* * *

구룡객잔으로 가겠습니다. 혹시 모르니 사람을 미리 보내 주셨으면 합니다.

연후는 악소가 전서에서 언급한 구룡객잔이 있는 도시로 향했다. 경공으로 달려가면 철혈가에서 이틀 정도 거리였다.

파파팟!

서백은 앞서 달려가는 연후의 뒷모습을 응시하며 슬며

시 눈살을 찌푸렸다.

'정말 멀쩡하신 건가? 그런데 왜 동방가주님의 간호는 꼬박꼬박 받으신 거지?'

불과 어제까지 동방리의 치료를 받을 때의 연후는 영락없는 환자의 모습이었다. 그런데 지금은 지극히 정상적인 몸놀림을 보여 주고 있었다.

'설마 꾀병을…….'

그때였다.

"뒤처질 거냐?"

"아……."

서백은 재빨리 속도를 높여 연후의 곁을 따라붙었다.

둘은 그렇게 잠시도 쉬지 않고 이동을 한 끝에 구룡객잔이 있는 도시에서 하루 정도 떨어진 지역까지 내려갈 수 있었다.

"오늘 밤은 저기서 보내도록 하지."

"옙."

둘은 도시의 저잣거리로 들어갔다.

험한 날씨 탓에 초저녁임에도 불구하고 저잣거리는 매우 한산했다. 객잔도 영업을 하는 곳이 몇 되지 않았다.

잠시 후, 연후와 서백은 그나마 규모가 그럴듯한 객잔으로 들어가 자리를 잡고 앉았다. 손님이라고는 달랑 두 탁자가 전부였지만 분위기는 제법 그럴듯했다.

"잠시 볼일 좀 보고 오겠습니다."

서백이 볼일을 보기 위해 뒷마당으로 나가자 연후는 탁자 두 곳에 앉아 있는 사람들을 살폈다.

그러다가 눈빛을 발한 것은 구석진 곳에 앉아 있는 세 명의 회포인에게 시선이 닿았을 때였다.

검파에 달려 있는 초승달 모양의 금속 장신구는 그들이 월가임을 말하고 있었다.

두 사람이 떠난 후에 월가가 움직였다는 사실을 확인했습니다.

연후는 철군악의 전서를 떠올리며 점소이가 먼저 가져다준 술병을 들어 술잔을 채웠다.

쪼르륵.

* * *

볼일을 보고 돌아온 서백이 전음성을 날렸다.

[주군, 저기 저 회포인들의 검에 달려 있는 표식을 보셨습니까?]

[알고 있으니 식사나 해.]

연후와 서백은 태연하게 식사를 시작했다.

잠시 후, 다른 두 탁자의 손님들이 나가면서 객잔 안에는 연후와 서백, 월가의 고수들만이 남게 되었다.

궂은 날씨 탓에 더 이상 손님이 올 것 같지가 않았는지 점소이들이 다른 탁자를 정리하기 시작했다. 빨리 먹고 위층으로 올라갈 사람은 올라가고, 떠날 사람은 떠나라는 무언의 압박이었다.

한 점소이는 월가의 고수들이 앉아 있는 바로 옆 탁자를 일부러 시끄러운 소리를 내면서 치웠다.

[저러다 죽을 수도 있겠습니다.]

무림이라는 세상을 감안하면 충분히 그럴 수도 있는 상황이었다.

하지만 서백이 우려한 상황은 벌어지지 않았다.

식사를 벌써 마쳤는지 월가의 고수들이 자리에서 일어나 계단으로 향했다. 그들도 이 객잔에서 방을 잡은 모양이었다.

이제 점소이들의 목표는 연후와 서백이었다. 연후는 아직 음식이 조금 남아 있었다.

탁탁탁!

슥삭! 슥삭!

식탁을 걸레로 닦는지 시큼한 냄새가 코를 찔렀다.

"어이, 너희들."

"예?"

"다 드실 때까지 기다려라."

"저희 때문에 식사를 못하는 건 아니지 않습니까? 신경 쓰지 말고 드세요."

별소리를 다 한다는 표정까지 짓는 점소이의 태도에 서백은 어이가 없어 실소를 머금었다.

그때였다.

"무슨 일이냐!"

주방에서 걸걸한 목소리와 함께 덩치가 산만 한 장한이 밖으로 나섰다. 양팔이며 목, 심지어 얼굴까지 문신으로 도배를 하다시피 한 자였다.

"저흰 그냥 마무리 청소를 했을 뿐인데 저 손님들이 이상한 소리를 하지 뭡니까?"

"그래?"

쿵쿵쿵.

장한은 일부러 소매를 어깨까지 걷어 올린 채 성큼성큼 다가왔다.

그러고는 서백의 어깨에 한 손을 척 얹으며 두 눈을 희번덕거렸다.

"우리 아이들이 정신을 사납게 한 것 같은데, 이거 미안하게 됐수다."

서백의 우수가 움직이려 할 때였다. 연후는 젓가락을 내려놓고 장한을 응시했다.

탁.

"오늘 몇 명이나 이 객잔에서 밤을 보내는지 알아야겠다."

꿈틀.

장한의 몇 올 되지도 않는 눈썹이 역팔자로 휘어졌다. 연하가 대뜸 한 반말 때문이리라.

"혓바닥이 너무 짧…… 헉!"

장한이 돌연 두 다리를 오므리며 온몸을 한껏 웅크렸다. 서백이 그의 사타구니를 움켜쥔 것이다.

"고환이 터져서 내 손을 더럽히는 꼴을 보고 싶지 않거든 얼른 말씀드려."

"이 개자식들이…… 크억!"

"진짜 터진다?"

"아, 아까 그 사람들하고 당신들…… 당신들이 전부요! 으으으!"

"그래?"

연후는 젓가락을 들었다.

그러고는 두 손가락 사이에 끼우고 천천히 밑으로 내렸다. 그러자 젓가락이 갈리며 송곳처럼 날카롭게 변해 갔다.

"으헉!"

장한은 물론이고 지켜보던 점소이들이 사색이 되었다.

그제야 사람을 잘못 건드린 것을 깨달았는지 식은땀까지 뻘뻘 흘렸다.

연후는 송곳처럼 변한 젓가락을 장한의 눈을 향해 천천히 가져갔다.

"사, 살려 주십쇼! 제, 제가 미처 대인을 몰라뵈었습니다!"

"엇!"

서백이 뜨거운 물에 손이라도 덴 것처럼 펄쩍 뛰었다. 그런 그의 손이 노란 액체로 흥건히 젖어 있었다. 장한이 그만 오줌을 지린 것이다.

"몇 번째 방이지?"

"대, 대인님들께서 머물 방…… 말입니까?"

"아니, 조금 전에 그 친구들."

"사, 삼 층 맨 왼쪽에서 첫 번째, 두, 두 번째, 세 번째 방입니다!"

연후는 젓가락을 입에 물며 자리에서 일어났다.

"이놈들은 어쩔까요?"

"내일 아침까지 푹 자게 해 줘."

"예."

연후는 곧장 계단을 통해 위층으로 올라갔다.

서백은 장한과 두 점소이를 데리고 주방으로 들어가서는 혈도를 짚었다.

"에이."

그는 주방 한쪽의 물동이에 손을 집어넣고는 한참을 박박 씻어 댔다.

"거긴 뭐만 한 자식이 양은 더럽게 많네."

* * *

연후는 창문을 활짝 열어 놓았다.

열린 창을 통해 월가를 상징하는 초승달이 한눈에 들어왔다.

서백이 들어왔다.

"어쩌실 생각입니까?"

"주작전을 우리가 보호하고 있다는 사실이 드러난다면, 우리 북부에 피해가 돌아오게 될 터. 하니 그런 일이 벌어지지 않도록 미연에 방지해야겠지."

"다…… 죽이실 생각입니까?"

"때론 적이 아니더라도 죽여야 할 때가 있는 법이다. 지금처럼."

"아, 예."

"너는 나서지 말고 맞은편 객잔의 지붕으로 올라가서 대기하다가 만에 하나 창문을 뚫고 빠져나가려는 놈이 있으면 해결하도록 해."

"알겠습니다."

서백이 열린 창문을 통해 나가려는 것을 연후가 붙잡았다.

"일 층으로 내려가서 올라가라."

"……예. 제가 좀 성급했습니다."

연후는 머리를 긁적이며 방을 나가는 서백의 뒷모습을 응시하며 나지막이 한숨을 내쉬었다.

'어째 송영, 그 녀석을 닮아 가는 것 같군.'

연후는 창문을 닫고 촛불까지 끄고는 방을 나섰다. 그리고 계단을 통해 삼 층으로 올라섰다.

붉은 천이 깔려 있는 복도가 음산함을 자아내는 가운데, 첫 번째 방에서 대화 소리가 희미하게 흘러나왔다.

"언제까지 이 짓거리를 해야 하냐? 우리가 그렇게 한가한 놈들도 아닌데 말이다."

"그러게 말이다. 그냥 벌의 장로원 선에서 충분히 해결 가능한 문제인데 왜 우리한테까지 일이 넘어왔는지 모르겠다."

"뻔하지. 전주가 서문회, 그 양반한테서 돈을 받았겠지. 다들 알다시피 전주 그 인간은 돈이라면 환장하는 황금충이지 않냐."

"황금충은 너무 그럴듯하잖아. 그냥 돈벌레라고 해라. 그 인간은 그게 더 잘 어울린다."

"ㅎㅎㅎ!"

"큭큭큭!"

강호 최고의 신비에 가려져 있는 월가.

그러나 그들의 모습은 다른 평범한 사람들과 크게 다르지 않았다.

'미안하다만 너희 전주라는 놈을 원망해라.'

월아가 소리 없이 모습을 드러내었다.

그때였다.

"북부의 주군이라는 놈이 그렇게 유명해졌다며?"

"유명하다 뿐이겠냐? 이제는 두 세력의 주군이 되면서 가주님을 비롯한 수뇌부들도 요주의 대상으로 지목하는 분위기더라."

"하긴 서북무림이 거의 압도적으로 당해 버렸으니 윗분들도 경계를 할 만하긴 하겠네."

"우리 월가를 서북무림 따위와 비교하면 곤란하지. 북부의 애송이 주군 정도는 전주님들 선에서 정리가 가능할 거라고 본다. 물론 그 돈벌레 새끼는 빼고."

"그래도 한번 보고는 싶다. 솔직히 그 나이에 두 세력의 주군이 된다는 게 보통 일이냐? 백야벌의 역사에서도 처음이라고 하더라."

더 듣고 있을 필요가 없었던 연후는 기감을 펼쳐 셋의 위치를 살폈다.

'고맙다. 탁자에 모여 있어 줘서.'

일이 수월해질 것 같았다. 만약 침상에 누워 있거나 바닥에 각각 떨어져 앉아 있었더라면 시간이 더 걸릴 수밖에 없었을 것이다.

치르륵.

월아에 이어 연후의 좌수에 혈광이 떠올랐다. 털끝만 한 변수조차 만들지 않겠다는 생각이었다.

* * *

휘이잉!

서백은 맞은편 객잔의 지붕에서 시위에 화살을 한 발 얹어 놓고 대기했다.

뼛속까지 얼릴 것 같은 바람이 사정없이 불어 대는 통에 벌써 양 볼이 발갛게 변해 있었지만 시위를 쥐고 있는 손가락만큼은 그렇지 않았다.

감각을 유지하기 위해 공력을 이용해 손가락을 따뜻하게 해 놓은 상태였다.

'월가 놈들이 보통이 아닐 텐데…….'

연후를 절대적으로 믿는 서백이었지만 그래도 걱정이 되는 것은 어쩔 수 없었다. 상대는 신비세력 월가의 고수들이지 않은가.

휘이잉!

바람이 서백의 얼굴을 매섭게 할퀴고 지나갔다. 서백은

얼굴을 간질이는 머리카락을 입 바람으로 쓸어 내며 월가의 고수들이 들어가 있는 방의 창문을 주시했다.
 그때였다.
 쾅!
 폭음에 이어 창문에 백광과 혈광이 연이어 번쩍였다. 서백은 시위를 당겼다.
 끼끼끼…….
 와장창창!
 창문이 박살이 나며 월가의 고수 하나가 상체를 내밀었다.
 서백이 살을 놓으려 할 때였다. 뛰쳐나올 줄로만 알았던 월가의 고수가 창밖으로 상체를 늘어뜨리더니 이내 축 늘어졌다.
 서백은 부서진 창을 통해 오연히 서 있는 연후를 볼 수 있었다.
 씨익.
 '역시…….'
 서백은 당겼던 시위를 풀고 화살을 살통에 넣고는 가볍게 거리로 뛰어내렸다.
 연후도 뛰어내렸다.
 "다른 객잔으로 간다."
 "잠시만 기다려 주십시오. 들어가서 술 몇 병만 가져오겠습니다. 아까 마셔 보니 제 입맛에 딱 맞아서 말입니다."
서백이 객잔 안으로 들어갔다.
별생각 없이 주변을 둘러보던 연후의 미간이 슬며시 일그러졌다.

뭔 술이 이렇게 텁텁합니까? 저는 그만 마시겠습니다.

식사를 할 때 서백이 했던 말이었다.
그때 서백이 술 한 병을 들고 나왔다.
"가시죠, 주군."
연후는 앞장서서 걸어가는 서백의 뒷모습을 응시하며 나지막이 한숨을 내쉬었다.
'송영이 아니라 나를 닮아 가고 있었군.'
연후는 알고 있었다. 서백이 점소이와 장한을 죽여 입막음을 했다는 것을.
그건 지금껏 자신이 해 왔던 방식이었다.
휘이잉!

* * *

같은 시각.
도시 서쪽의 한 객잔.

거대한 체구를 자랑하는 승려 한 명이 한 손에는 술병을, 한 손에는 닭다리를 들고서 게걸스럽게 마시며 먹어대고 있었다.

"우걱우걱!"

이미 다른 객잔들은 문을 다 닫았지만 승려 때문에 문을 열어 놓아야 했던 주인과 점소이들은 기가 차다는 표정으로 승려를 응시했다.

"여기 술 두 병 더 갖고 와!"

"저…… 스님, 저희들이 곧 마쳐야 할 시간이라서 그런데 이제 그만 드시면 안 되겠습니까?"

"그래? 그럼 술이 어디 있는지만 알려 줘. 그럼 내가 알아서 가져다 마실게. 끄억!"

"아, 아닙니다."

주인이 점소이에게 어서 술을 가져오라는 손짓을 보냈다. 점소이는 승려를 죽일 듯 노려보며 주방으로 향했다.

그때였다.

뒷간이 있는 뒷마당으로 통하는 문이 열리며 한 사내가 들어섰다. 점소이는 귀신을 본 것처럼 자라목을 하며 재빨리 주방으로 들어갔다.

사내는 그런 점소이를 힐끗 쳐다보고는 승려가 앉은 탁자로 걸어갔다.

사내는 바로 소림사로 떠났던 철우였다.

승려가 철우를 향해 술병과 닭다리를 들어 보이며 히죽 웃었다.

"시주님! 여기 술맛이 아주 끝내줍니다! 아이고, 좋아라! 크허허허!"

"적당히 마시라고 했을 텐데."

"그래서 적당히 마시고 있지 않소!"

　철우는 빈 술병을 응시하며 실소를 머금었다. 잠시 뒷간을 다녀오는 사이에 벌써 두 병을 비워 가고 있었다.

"한 잔 안 하십니까?"

"됐다."

"그럼 나 혼자 마실게요. 아이고, 좋아라! 크허허허!"

　철우는 점소이를 돌아봤다.

"혹시 차 한잔할 수 있을까?"

"……."

　핑!

　철우가 손가락을 튕기자 자그마한 뭔가가 허공을 날아가 점소이의 얼굴 바로 옆 벽에 꽂혔다.

　퍽!

　은자 한 닢이었다.

"잔돈은 필요 없다."

"예! 자, 잠시만 기다려 주십시오!"

　철우는 다시 승려를 응시했다.

뭘 어떻게 먹었는지 입가는 물론이고 양 볼까지 기름이 덕지덕지 묻어 있었다.

"이봐, 돼지."

"말씀하시오, 시주."

"다시 한번 경고하는데, 함부로 무력을 쓰지 않는 게 좋을 거야. 한 번만 더 그러면 한쪽 팔과 영원히 안녕하게 만들어 버릴 수도 있어."

"예, 예. 알아들었습니다. 그러니 먹는데 방해 좀 하지 말아 주실래요? 크허허허!"

"차 가져왔습니다."

딸그락.

철우는 승려를 노려보고는 점소이가 가져온 차를 입으로 가져갔다. 하지만 한 모금 마시지도 못하고 도로 내려놓았다.

그때 승려도 게걸스럽던 움직임을 멈추고 객잔의 문 쪽을 응시하며 히죽 웃었다.

"또 그놈들이네?"

# 4장
얼히고설키는 사건들

얽히고설키는 사건들

 객잔의 입구를 막아서는 백포인들이 있었다.

 주작전을 쫓아 강호로 나온 장로원의 고수들이었다. 그들 중 두 명이 문을 열고 들어섰다.

 "저놈들입니다! 저놈들이 동료들을 무참히 죽였습니다!"

 무복 상의가 피로 흥건히 젖은 자가 철우와 승려를 가리키며 외쳤다. 다른 백포인이 두 사람을 향해 싸늘히 외쳤다.

 "너희들은 감히 백야벌의 무사들을 해쳤다. 그 죄가 얼마나 큰지는 너희들이 더 잘 알고 있을 터! 순순히 검을 버리고 따라나서라. 아니면 너희 두 놈은 물론이고 주변의 모든 이들까지 피의 보복을 당하게 될 것이다."

철우는 내심 당혹스러웠다.

'백야벌이었다니……'

승려와 함께 철혈가로 향하던 도중 관도에서 사소한 시비가 일었다. 관도를 이동하던 자신들에게 뒤에서 달려오던 몇 명의 백포인들이 있었다.

그들은 다짜고짜 승려를 향해 검을 휘둘렀다. 길가로 비켜서지 않았다는 이유 때문이었다.

누구라도 참지 못할 상황이었고, 결국 승려는 백포인들을 죽였다. 그 와중에 철우도 개입을 할 수밖에 없었다.

'다 죽었을 거라 여겼는데……'

난감했다.

다른 곳도 아닌 백야벌이라면 그 후폭풍이 만만치 않을 터. 여기서 자신의 정체가 드러나면 철혈가를 비롯한 북부까지 화를 입을 수도 있었다.

이 문제를 해결할 수 있는 방법은 두 가지였다.

여기서 저 백포인들을 모조리 죽여 입을 막거나, 그냥 도주를 하거나.

철우는 물론이고, 지금 승려 또한 그가 속한 문파의 가사가 아니라 평범한 장포를 걸치고 있었기에 그들의 신분을 알아보는 건 어려웠다.

이대로 그냥 도주를 한다면 정체가 드러나진 않을 터였다.

철우는 후자를 택했다.

여우보다는 뒤에 있는 호랑이가 무서운 법이었다.

[경거망동은 허락하지 않겠다. 내가 신호를 보내면 그 즉시 뒷마당으로 나가 이곳을 빠져나간다.]

[먼저 칼을 휘두른 건 저쪽인데 우리가 왜 도망간단 말이오? 그냥 다 때려잡아서 입을 막아 버립시다.]

[다른 곳도 아닌 백야벌의 무사들이다. 만에 하나 한 놈이라도 살아서 빠져나가게 된다면 너희 소림사는 궤멸을 당하게 될 터. 하니 시키는 대로 해라.]

승려의 얼굴이 실룩거렸다.

불가의 제자로서 절대 해선 안 될 행동을 거침없이 해 놓고도 사문인 소림사의 궤멸을 운운하니 어쩔 수 없는 모양이었다.

"어서 검을 버리지 못할까!"

백포인의 추상과도 같은 호통에 철우는 특유의 무심한 어조로 말했다.

"그쪽 동료들이 우리가 단지 길가로 비켜서지 않았다는 이유로 먼저 칼을 휘둘렀다. 만약 우리가 약했다면 그쪽 동료들이 아니라 우리가 죽었을 터. 이 정도면 인과가 충분한 것 같은데……."

"그건 벌에 가서 따져 볼 문제다!"

스르릉.

백포인이 검을 뽑았다. 뒤이어 밖에서 대기하고 있던 백포인들이 우르르 안으로 들어서며 간격을 벌렸다.
 [지금이다, 돼지.]
 철우의 전음이 날아들기가 무섭게 승려가 앉은 자세 그대로 뒤쪽으로 솟구쳐 오르며 쌍장을 뻗었다.
 슈아악!
 콰쾅!
 쌍장에서 뻗어 나간 강력한 기운이 백포인들이 아닌 그 앞의 탁자를 향해 쏘아지며 폭음과 함께 불길이 치솟았다. 동시에 철후도 백포인들의 앞쪽에 공격을 퍼부었다.
 콰지직!
 우당탕탕!
 탁자와 의자가 마구 날아가는 가운데 철우와 승려는 뒷마당으로 통하는 문을 부수며 밖으로 뛰쳐나갔다.
 우지끈!
 쾅!
 "쫓아라!"
 "놓치지 마라!"
 난데없는 한밤의 추격전이 시작되었다.
 하지만 그 시간은 지극히 짧았고, 결국 백포인들은 철우와 승려를 놓치고 말았다. 경공술의 수준에서 차이가 나는 까닭이었다.

철우와 승려는 도시의 외곽까지 쉬지 않고 달렸다. 그 와중에도 승려는 닭다리 하나를 손에 쥐고 게걸스럽게 뜯고 있었다.

철우는 이 정도면 되었다 싶을 때 경공술을 중단하고 지상으로 내려섰다. 승려가 그 옆으로 다가왔다.

"이제 마음이 놓이시오?"

"아무렇지 않은 것처럼 지껄이지 마라. 너도 소림사에 후폭풍이 미칠 것이 두려워 소림사의 무공이 아닌 다른 무공으로 공격을 하지 않았느냐."

"눈치채셨네? 크허허허!"

"돼지."

"엄연히 혜몽이라는 그럴듯한 법명이 있는데 자꾸 돼지라니요. 듣는 돼지 기분 나쁘지 않소. 크흠."

"한 번만 더 경거망동을 하면 그땐 목에 사슬을 채워서 끌고 갈 줄 알아."

"크허허. 그럼 정말 도살장으로 끌려가는 돼지처럼 보이겠구려. 크허허허!"

목젖까지 내놓고 웃어 대는 승려.

그 모습이 걱정이라고는 하나 없는 것처럼 보이자 철우는 헛웃음을 지었다.

"망할 놈의 중생들. 아직 배도 다 채우지 못했는데……. 시주, 여기서 가장 가까운 도시는 얼마나 올라가야 하오?"

"이제 곧장 목적지까지 간다."

"크헉! 그럼 빈승은 허기져 죽고 말 것이오! 그러지 말고 냉큼 다른 객잔을 찾아서 술과 먹을 거라도 좀 사 가지고 가십시다!"

"내 손에 먼저 죽고 싶다면 그렇게 하든가."

"무섭소, 시주."

"그럼 군말 말고 따라나서라, 돼지."

"에잉."

철우는 곧장 북쪽으로 향했다.

승려는 울상을 한 채로 그 뒤를 따랐다. 그런 승려의 배 속에서 요상한 소리가 흘러나왔다.

꼬르륵!

* * *

연후는 도시의 외곽으로 향했다.

그러다가 멀지 않은 곳에 객잔을 의미하는 연등이 켜져 있는 것을 발견하고는 그곳으로 발길을 돌렸다.

"그자들은 좀 어땠습니까?"

"무공을 말하는 것이냐?"

"예."

"글쎄……."

연후는 월가의 고수들을 두고 무공의 수준이 어떻다 평가할 순 없었다. 세 명 다 자신의 기습에 실력조차 제대로 발휘해 보지도 못하고 죽어 버렸다.

다만 그 와중에도 한 명은 제법 매서운 반격을 가하고 창문을 통해 도주하려는 움직임을 보여 주었으니 그 자체로 대단하다 할 순 있었다.

"월가라고 해서 지레 두려운 대상으로 생각할 필요는 없다. 그렇다고 쉽게 봐서도 안 되겠지만."

"소문에 그들은 추종술에 특화되어 있다고 하던데, 만약 다른 자들이 더 있다면 우리의 뒤를 쫓을 수도 있겠군요."

"우리보다 먼저 객잔을 떠난 사람들을 찾아낸다면 문제가 생길 수도 있겠지."

"흠. 그럴 수도 있겠습니다."

"너무 걱정할 것까지는 없다. 그들이 객잔을 나설 때 저잣거리에 사람이 없었으니 월가도 그들의 존재를 찾아내지 못할 것이다."

"아! 그렇군요."

잔뜩 미간을 찡그렸던 서백의 얼굴이 비로소 환하게 펴졌다.

바로 그때였다.

콰콰쾅!

우지끈!

갑자기 그들이 향하고 있던 객잔에서 폭음과 함께 뭔가 부서지는 소리가 요란하게 울렸다. 뒤이어 입구를 통해 화염까지 뻗쳐 나왔다.

서백이 눈을 동그랗게 치떴다.

"어? 싸움이 벌어졌나 봅니다."

연후는 걸음을 멈추고 뒤돌아섰다.

"다른 곳으로 간다."

"저기 누가 빠져나갑니다!"

반쯤 돌아섰던 연후는 서백이 가리킨 곳을 돌아봤다. 객잔의 뒤쪽에서 그림자 두 개가 엄청난 속도로 북쪽으로 날아가는 것이 보였다.

뒤이어 뒤를 쫓아가는 자들도 있었다.

앞서 도망치는 자들이나 뒤를 쫓는 자들이나 경공술의 수준이 놀라울 정도로 대단했다.

거리가 멀어 얼굴까지 확인할 순 없었지만, 뒤를 쫓아가는 자들이 백포를 걸쳤다는 것만은 정확하게 알 수 있었다.

"이런 외진 곳에 고수들이 떼로 나타나다니……. 혹시 무슨 일이 벌어지고 있는 건 아닐까요?"

연후도 같은 마음이었다.

하지만 그는 이내 호기심을 접었다. 구룡객잔으로 가서 우문적을 데려오고 있는 악소와 백운을 만나는 것이 급선무였다.

"그만 쳐다보고 객잔이나 찾아봐."

"예."

* * *

날씨가 제법 따뜻했다.

덕분에 쌓인 눈이 빠르게 녹으며 악소와 백운은 보다 빠르게 이동할 수 있었다.

악소는 장로원의 고수가 말했던 미친 승려와 악마 같은 자를 떠올리며 생각에 잠겼다.

백운이 그런 악소를 돌아보며 물었다.

"뭘 그렇게 골똘히 생각하십니까?"

"장로원의 고수들을 죽인 자들이 누군지 궁금해서……."

"설마 백야별의 고수들이라는 걸 알고 죽였겠습니까? 권강을 사용할 정도의 고수라도 미치거나 간덩이가 배 밖으로 나온 자가 아니면 절대 못할 일입니다."

"미친 승려라고 했잖아."

"아……! 그렇다면 뭐, 충분히 그럴 수도 있겠군요. 그나저나 승려라면 당장 떠오르는 건 소림사인데 말입니다."

얽히고설키는 사건들 〈143〉

"소림사가 미쳤다고 백야벌을 건드리겠나."
"미친 승려라고 했지 않습니까?"
"……."
그때였다.
쿵쿵!
우문적이 마차의 벽을 두드렸다.
"볼일 좀 봐야겠다."
"이런 젠장."
백운은 하는 수 없이 마차를 세웠다.
그는 우문적이 문을 열고 나오자 버럭 소리를 질렀다.
"질질 싸지 말고 한꺼번에 모조리 싸쇼! 사람 귀찮게 하지 말고!"
우문적은 대꾸하지 않고 관도 옆으로 향했다.
백운이 다시 소리쳤다.
"이봐! 바람 뒤쪽으로 가라고!"
하지만 이미 우문적은 바지를 내리며 쪼그려 앉고 있었다.
"저런 쌍……."
"그만 좀 해라. 그러다 정들겠다."
"정은 개뿔! 그냥 저 인간 대가리 속에 든 정보만 뽑아내고 골통을 부숴 버립시다, 형님!"
"네가 주군께 그러자고 말씀드려 보든가."

우문적의 목소리가 날아들었다.

"다 들린다. 크윽!"

뿌지직!

"에이, 더러워!"

백운은 아예 공력을 이용해 청력을 차단시켜 버렸고, 악소는 피식 웃으며 전방을 응시했다.

그때였다.

두두두!

뒤쪽에서 말발굽 소리가 요란하게 울렸다. 돌아보니 상당수의 인마가 질풍처럼 달려오고 있었다.

저마다 각양각색의 복장을 하고 있었는데, 악소는 선두에서 달려오는 마상의 인물을 주시했다.

사십대 중반쯤 되었을까?

형형한 안광에 두 자루 쌍검을 멘 모습에서 고수의 풍모를 물씬 느끼게 하는 인물이었다.

악소는 백운을 돌아봤다.

"마차를 길가로 물려야겠다."

"그냥 지나가게 놔두죠?"

"내일 구룡객잔에서 주군을 뵈어야 한다. 괜한 소란으로 시간을 어길 순 없으니 어서 물려라."

"……예."

백운이 마차를 길가로 살짝 뺐다.

뒤이어 인마가 마차를 지나갔다.

두두두!

찰나의 순간에 악소와 청포인의 시선이 허공을 격하고 얽혀들었다.

하지만 말 그대로 찰나의 순간에 불과했고, 청포인은 빠르게 악소의 시야에서 멀어졌다.

악소는 청포인의 뒷모습을 응시하며 미간을 좁혔다.

'낯이 익은데…….'

그때 백운이 말했다.

"조금 전에 청포인 말입니다."

"아는 사람이냐?"

"기억 안 납니까?"

"낯이 익은 것 같기는 한데……."

"한 달 전에 백야벌에서 봤지 않습니까. 왜, 그때 비밀 작전에 나갔다가 돌아오는 부대가 있다면서 정문에 사람들이 잔뜩 몰렸을 때, 형님하고 저하고 무사 식당에 가면서 그 옆을 지나가다 봤잖습니까."

악소는 미간을 좁히며 기억을 더듬었다. 그러고는 이내 무사들의 환호를 받으며 정문을 넘어서던 청포인의 모습을 떠올릴 수 있었다.

틀림없이 그때 그 청포인이었다.

그때도 청포인과 함께 들어서던 자들은 다른 백야벌의

무사들과는 달리 각양각색의 복장을 하고 있었다.

"듣자니 장로원주 서문회가 아주 아끼는 특수 조직이라고 하던데……. 저들이 왜 이곳에 나타났을까요?"

"무슨 일이 터졌겠지."

"다급하게 달려가는 것으로 봐서는 뭔가 일이 터진 것 같은데, 설마 주작전을 찾은 건 아니겠지요?"

"주작전은 주군가에 있다. 그걸 저들이 무슨 수로 알아낸단 말이냐."

"주작전이 주군가에 있을 거라는 건 형님 추측일 뿐이지 않습니까. 주군께서도 검가의 군사에게 보낸 전서에 저희더러 곧장 주군가로 올라오라고 했을 뿐, 주작전에 대한 언급은 따로 없지 않았습니까. 이거…… 우리 둘 중 한 사람은 저자들을 쫓아가 봐야 하는 거 아닙니까?"

악소는 단호히 고개를 저었다.

"주군은 우리가 주작전을 찾아 나섰다는 것을 알고 계신다. 그럼에도 곧장 주군가로 오라 한 것은 최소한 주작전이 주군의 통제하에 있다는 것을 의미하는 것. 무시하고 그냥 구룡객잔으로 간다."

"알겠습니다."

대답을 한 백운은 무의식적으로 고삐를 흔들려다가 인상을 찡그렸다. 우문적이 아직까지 볼일을 보고 있었던 것이다.

"뭔 놈에 똥을 하루 종일······."
마침 우문적이 볼일을 마치고 돌아왔다.
"한 방에 다 싸라면서."
"끄응."
쿵!
우문적이 마차로 들어가자 백운은 악소를 돌아보며 다시 물었다.
"정말 그냥 갑니까?"
"잘못되면 내가 책임을 질 테니 시키는 대로 해."
"예. 그럼 갑니다."
두두두!

* * *

'과연 잘한 선택일까?'
우문적은 고민에 빠졌다.
복수를 위해 검가가 아닌 북부를 선택했다. 관계가 좋지 않았던 북부지만, 야차왕 악소가 보증한다면 충분히 믿을 만하다고 판단하여 내린 결정이었다.
하지만 시간이 지나면서 믿음은 서서히 옅어지고 있었다.

그냥 저 인간 대가리 속에 든 정보만 뽑아내고 골통을 부숴 버립시다, 형님!

 볼일을 볼 때 마치 자신더러 들으란 듯이 했던 백운의 말이 머릿속에서 맴돌았다. 물론 농에 가까운 말이었지만 믿음이 옅어지는 와중이라 신경이 쓰였다.
 '이연후, 놈은 정말 그럴지도 모른다.'
 서북무림과의 전쟁, 그리고 장가의 반란을 진압할 때, 연후가 보여 주었던 잔인함은 이미 천하에 파다하게 퍼져 있었다.
 '빌어먹을……. 나 우문적이 어쩌다가 이런 신세가 되었단 말이냐.'
 우문적은 갑자기 감정이 북받쳤다.
 뒤이어 참혹한 죽음을 당한 아우의 얼굴과 함께 가회를 향한 증오와 복수심이 불길처럼 치밀어 올랐다. 숨이 막힐 정도로 강한 복수심은 북부에 대한 갈등마저 집어삼켰다.
 '어차피 나 혼자서 할 수 있는 것은 없다. 그렇다면 야차왕을 믿어 보자. 그런 눈빛을 가진 자는 절대 허언을 하지 않는다.'
 꽈악.
 우문적은 어금니를 악물며 상념을 떨쳐 내고는 마차의

창문을 열었다.

탁.

"왜? 또 똥이 마렵소?"

"바람 좀 쐬자."

"조심하슈. 가뜩이나 몸이 엉망인데, 그러다가 고뿔에 걸리기라도 하는 날에는 제대로 치료를 받아 보지도 못하고 뒈지는 수가 있으니까."

"너보다는 오래 살 테니 신경 꺼라, 악마도."

백운의 한마디, 한마디가 속을 긁어 놓았다. 그런데 이상한 것이 딱히 밉지가 않았다. 오히려 말이 없는 악소보다는 백운이 더 편하다는 기분마저 들었다.

그때였다.

덜컹!

"큭!"

마차가 심하게 흔들리면서 통증이 올라왔다. 우문적은 오만상을 찡그리며 백운의 뒷모습을 노려봤다.

"일부러 그랬냐?"

"말한테 따지시오."

'편하기는 개뿔. 몸만 회복되면 악마도고 나발이고 저놈부터 콱 씹어 먹어 버린다. 개자식!'

우문직은 부상 부위를 손으로 문지르며 크게 심호흡을 했다.

"후욱."

그러고는 곧 후회했다.

찬바람을 깊이 들이켜니 가슴속에 얼어붙는 것 같은 극심한 통증이 올라왔다.

'빌어먹을……'

탁!

우문적은 창문을 닫고 마차의 벽에 몸을 기댔다. 그렇게 잠시 통증이 가라앉을 때까지 기다린 우문적은 불안정한 자세이지만 운기조식을 취하며 내상을 돌봤다.

그러기를 얼마나 지났을까. 마차의 속도가 점점 느려지더니 이내 멈췄다.

우문적은 또 무슨 일인가 싶어 창문을 슬며시 열고는 고개를 내밀었다.

산사태라도 난 걸까. 관도 전방에 흙과 바위 더미가 수북하게 쌓여 있었다. 수십 명이 달려들어도 며칠은 땀을 쏟아야 치울 수 있을 것 같은 엄청난 양이었다.

"이러면 말과 마차를 분리해서 말을 타고 가야 할 것 같습니다, 형님."

"어쩔 수 없지."

백운이 마차에서 훌쩍 뛰어내려서는 머리를 내밀고 있던 우문적을 돌아봤다.

"내리시오."

얽히고설키는 사건들 〈151〉

우문적은 마차에서 내렸다.

내리기 전에 마차 바닥에 깔려 있던 짐승의 털가죽을 걸쳤다. 부상 때문에 공력의 운용이 완전하지 않은 상태라 추위를 견디려면 이 방법밖에 없었다.

백운이 말과 마차를 분리했다.

그러나 우문적은 아무리 생각해도 말을 타고 가는 것은 아닌 것 같았다.

"말을 타고 가면 흔들림 때문에 더 힘들 것 같은데……."

악소가 묵묵히 고개를 끄덕였다.

"걸을 수는 있겠소?"

"어쩔 수 있나. 참아 볼 수밖에."

백운은 마차와 분리한 말을 풀어 주었다.

"살아서 돌아가라, 이놈들아."

귀소 본능이 살아 있다면 무사히 검가까지 돌아갈 것이다. 물론 그 전에 맹수에게 당하거나 사냥꾼들한테 포획을 당하지만 않는다면.

도보로 이동이 재개되었다.

아직 구룡객잔까지는 반나절이 더 남았으니 우문적에게는 고난의 길이 될 터였다.

그리고 다시 두 시진쯤 지난 그때, 바람이 점점 거세게 바뀌어 갔다.

휘이잉!

파스스…….

바람에 흩날리는 눈조차 우문적에게는 적잖은 고통이었다. 호흡을 제대로 할 수 없으니 체력의 소모는 배가될 수밖에 없었다.

그래도 우문적은 참았다.

소싯적부터 깡과 오기라면 누구에게도 지지 않을 자신이 있었고, 그러한 깡과 오기를 바탕으로 팔대가문의 수장에까지 오를 수 있었다.

비록 도적 집단의 수괴라 손가락질을 받기도 했지만 말이다.

'가회, 그 씹어 먹어도 시원찮을 놈만 아니었어도 도적 집단의 수괴라 손가락질받을 일은 없었거늘…….'

사실 우문적은 황하수련을 팔대가문이라는 이름에 어울리는 곳으로 만들고 싶었다.

황하수련이 도적 집단으로 전락한 건, 이득을 위해서라면 도적질조차 마다하지 않은 가회 때문이었다.

"후우, 후우……."

가회를 떠올리기만 해도 감정이 차올라 숨이 가빠지는 우문적이었다. 그는 결국 더 버티지 못하고 허리를 꺾었다.

"미안한데…… 조금만 쉬었다 가면 안 될까?"

"일각만 쉬고 떠나겠소."

푹!

우문적은 눈밭에 그대로 주저앉았다.

그의 전신은 식은땀으로 범벅이 되어 있었고, 환부에서는 그쳤던 피가 조금씩 비치기 시작했다.

그런 우문적의 모습을 보며 백운은 내심 감탄했다.

'부상 때문에 범인보다도 못한 상태인데 이런 날씨에 두 시진이나 군말 없이 버티다니…….'

백운은 악소를 돌아봤다.

"조금만 더 가면 구룡객잔이 있는 도시가 나올 테니 제가 이자를 업고 가겠습니다."

"그게 좋겠군."

"사양한다."

"뭐요?"

"아직까지 누구한테 부축조차 받아 본 적이 없는 나다. 그냥 내 힘으로 걸어간다."

"이봐, 지금 자존심을 내세울 때가 아니야! 후회하지 말고 순순히 업히시지그래."

"후회 같은 건 해 본 적도 없……."

우문적은 말끝을 흐렸다.

이전까지라면 없다고 자신할 수 있겠지만, 가회에게 당한 이후로는 거의 매일같이 후회 속에 갇혀 살고 있었다.

'놈이 자신의 자리를 찾고자 움직이기 전에 먼저 선수

를 쳤어야 했는데…….'

 황하수련에는 세상이 모르는 비밀이 있었다.

 가회와 가회의 심복들, 그리고 우문적만이 알고 있는 극비 중의 극비였다.

 퍽.

 우문적은 눈을 한 움큼 입 안에 털어 넣었다. 그러고는 눈으로 얼굴을 씻어 흐릿해진 정신을 일깨웠다.

 "먹을 것 좀 있나?"

 "이거라도 들겠소?"

 악소가 품속에서 육포 하나를 꺼냈다.

 "고맙다."

 우문적은 육포를 씹었다. 악소와 백운도 육포를 씹으며 휴식을 취했다.

 "하나 물어볼 게 있는데…….”

 "물어보시오."

 "검가와 동맹을 맺었다고 들었는데…… 어째서 적랑단으로 하여금 서북 지역의 도시 세 곳만 수복하고 말았지? 그 당시 상황이라면 우리 총단을 공격해서 그 이상의 성과를 올릴 수도 있었을 텐데 말이다."

 "나도 그렇게 생각하고 있소."

 "……!"

 "사실 우리는 백야벌에서 대지존의 호위를 맡고 있었소.

그러다가 모종의 임무가 주어져서 주군가로 향하는 길이었소. 그 와중에 어쩌다 당신을 만나게 되었을 뿐이오."

"대지존의 호위를 왜 북부에서 맡는단 말이냐?"

"우리가 도맡은 게 아니라 손을 거들었다고 보면 될 거요."

"하면 철혈가주가 대지존과 친분이 두텁다는 말이겠군."

"조금은 그렇다고 알고 있소."

백운이 나섰다.

"어이, 악당 나리. 그만 꼬치꼬치 캐묻고 냉큼 일어나쇼. 벌써 일각이 지났소."

우문적은 백운을 올려다보며 미간을 찡그렸다.

"아무리 봐도 악마도, 너는 참 재수가 없는 인간이다."

"당신만 할까."

"그만 이동하지."

악소가 먼저 앞서 나갔다.

백운은 도끼눈을 한 채 우문적에게 얼른 일어날 것을 종용했다.

그때였다.

"으악!"

"크아악!"

바람을 타고 비명성이 흘러들었다.

악소는 손을 들어 이동을 멈추게 했다. 백운이 악소의

곁으로 다가갔다.

"이번에는 또 어떤 놈들일까요?"

악소라고 어찌 알까.

그는 주변을 살폈다. 그러고는 백운에게 좌측을 가리키며 말했다.

"내가 살펴보고 올 테니 저곳에서 기다리도록 해."

악소가 가리킨 곳은 바위와 숲이 절묘하게 조화를 이루고 있어서 작정하고 다가가지 않으면 절대 발견할 수 없는 곳이었다.

"조심하세요, 형님."

팟!

백운은 눈가루를 휘날리며 사라지는 악소를 잠시 지켜보다가 우문적과 함께 악소가 가리킨 곳으로 이동했다.

한 식경쯤 지난 후 악소가 돌아왔다.

그는 대뜸 천 조각 한 장을 우문적에게 내밀었다.

"혹시 이 문양을 아시오?"

"이건…… 어디서 났지?"

"시신의 무복에서 뜯어 왔소."

파르르…….

우문적이 눈빛을 떨었다.

"가회의 사냥개라 불리는 놈들이 사용하는 것이다. 하면 이놈들이 우리를 앞질렀단 말인데……."

"대단한 놈들이오?"

"추적에 특화된 놈들이다. 개개인의 무력보다는 검진을 이용한 합공이 강력한 놈들인데, 특히 놈들의 수장은 황하수련 내에서도 손에 꼽히는 고수다."

백운이 물었다.

"뭐가 어떻게 된 겁니까?"

"백야벌과 황하수련 간에 충돌이 있었던 모양이야. 다섯 구의 시신이 있었는데, 세 구가 이 문양을 하고 있더군."

"그럼 조금 전에 그 비명성이……."

"그래. 주변에 흔적이 난무한 것으로 보면 양측의 머릿수가 제법 많을 것 같다."

"아까 관도에서 봤던 백야벌의 특수 조직이 황하수련과 충돌을 했다고 봐야겠군요. 그나저나 백야벌의 특수 조직을 상대로 비슷한 결과를 내다니…… 이자의 말처럼 대단한 놈들인가 봅니다."

악소는 묵묵히 고개를 끄덕였다.

백운은 되레 반겼다.

"뭐 잘됐네요. 서로 치고받고 하면서 피 터지게 싸우면 주작전과 이자의 뒤를 쫓는 자들이 저절로 줄어드는 셈이니 말입니다."

"우리가 가는 길에 문제가 발생하지 않는다면 그렇다

고 볼 수 있겠지만…….."

 악소는 말끝을 흐리며 전방을 응시했다.

 아직 구룡객잔이 있는 도시까지 가려면 한 시진하고도 반은 더 남았다. 그동안에 무슨 일이 벌어질지는 아무도 장담하지 못할 일이었다.

 물론 백운과 함께라면 무서울 것도 없지만, 문제는 우문적이었다. 칼조차 휘두르지 못하는 상황에서 눈먼 칼이라도 맞게 된다면 지금까지의 수고가 물거품이 되고 말 것이다.

 '그래도 갈 수밖에.'
 "내가 조금 앞서서 갈 테니 뒤를 따라오도록 해."
 "예."
 다시 이동을 시작했다.

 하지만 얼마 가지 못하고 악소의 우려가 현실로 나타나고 말았다.

 후두둑!

 전방의 숲이 흔들리며 나무 위에 쌓여 있던 눈이 떨어져 내렸다.

 악소는 검을, 백운은 대도를 늘어뜨렸다.

 뒤이어 열 명가량의 황포인들이 눈 덮인 숲을 헤치며 모습을 드러냈다.

 "……!"

그들을 본 우문적의 얼굴이 딱딱하게 굳어졌다.

조금 전 그가 언급했던 가회의 사냥개라 불리는 자들이었다.

굳어 가던 우문적의 두 눈이 한순간 살광을 머금은 것은 황포인들 뒤쪽에서 모습을 드러내는 회포인을 보았을 때였다.

회포인은 우문적이 철석처럼 믿었던 수하들 중 한 명으로, 최후의 순간에 가회 쪽으로 돌아선 자였다.

회포인이 두 눈을 살짝 치뜨더니 이내 차갑게 웃었다.

"하늘이 우리를 도왔군. 성가신 놈들 때문에 도시로 들어가려다가 우회해서 돌아왔는데 여기서 당신을 만나게 될 줄이야. 후후후."

"개만도 못한 새끼!"

"주인을 물려 했던 당신만 하겠소. 후후후."

회포인이 눈짓을 주자 황포인들이 삼인 일조로 뭉치며 간격을 벌렸다.

우문적이 무겁게 말했다.

"연환격이 가능한 검진이다. 조심해라."

우문적의 그 말이 끝나기 전에 백운은 이미 우문적의 곁으로 다가와 대도를 천천히 들어 올리고 있었다.

[우문적을 지켜라.]

그에게 주어진 임무는 우문적을 보호하는 것이었다.

악소의 손에 검이 쥐어졌다.

스르릉.

검이 쥐어지자 무심했던 그의 두 눈에 어느새 광포한 기운이 내려앉았다.

"어이, 너희들. 이 땅이 북부의 영토라는 것을 알고 들어왔나?"

"설마 그걸 모르고 왔을까."

스르릉.

회포인도 검을 뽑았다.

검신 끝부분이 뱀의 혓바닥처럼 두 갈래로 갈라진 기괴한 형태의 검이었다.

"한데 네놈이 왜 북부의 영토 운운하는 거지? 혹시 북부 놈들인가? 그렇군. 저 배은망덕한 개가 북부로 망명을 하려는 거였어. 후후후."

"속히 끝내고 이곳을 빠져나가야 하오."

세모꼴 얼굴에 뱀처럼 새카만 눈동자를 지닌 청포인이 재촉했다. 그가 바로 우문적이 말했던 황하수련 내에서도 알아주는 고수라는 황포인들의 수장이었다.

회포인이 싸늘히 외쳤다.

"무슨 일이 있더라도 저기 저 세 놈은 죽여야 한다. 다들 공격하라!"

파파팟!

얽히고설키는 사건들 〈161〉

회포인의 명령이 떨어지자 삼인 일조로 나뉘어 검진을 만들었다. 그중 반은 백운과 우문적을 향해 다가섰고, 나머지 반은 퇴로를 차단할 목적으로 뒤쪽으로 조금 물러섰다.

악소는 섣불리 움직이지 않았다. 공격보다는 방어에 치중할 수밖에 없는 것이 현재 그의 입장이었다.

물론 우문적을 포기한다면 완전히 얘기는 달라지겠지만 악소는 우문적을 포기할 생각이 결코 없었다.

백운이 씩 웃었다.

"들어와 봐, 개자식들아."

그의 대도가 새파란 광망을 뿌려 댔다. 보는 것만으로도 섬뜩한 광경이었지만 황포인들 누구도 긴장한 기색은 없었다.

악소와 백운의 정체를 모르는 그들은 자신들의 실력과 수적인 우위를 믿고 있었다.

백운이 앞으로 나섰다.

그러자 악소의 전음이 바로 날아들었다.

[그자의 곁을 지켜라, 백운.]

[보통 놈들이 아닙니다. 게다가 저기 저 두 놈까지 합공을 해 오면 형님 혼자서는 무립니다.]

[내게 생각이 있으니 자리를 지켜라.]

"……."

백운은 어쩔 수 없이 우문적의 곁으로 물러섰다.

그 순간 악소가 움직인다 싶더니 수십 개의 잔영을 뒤에 남기며 가장 가까운 곳까지 접근을 한 검진을 향해 달려들었다.

꽈과광!

악소의 첫 번째 공격은 검진의 방어망을 뚫지 못했다. 하지만 그는 두 번, 세 번에 걸쳐 계속해서 공격을 퍼부었다.

꽈과광!

콰지직!

그러나 그마저도 무위에 그쳤다.

지켜보던 백운은 내심 의문을 품었다.

'전력을 다하시지 않고 있다. 게다가 왜 저렇게 단순한 초식만 쓰시는 거지?'

그때였다. 악소가 그 자리에서 꺼지듯 사라졌다.

뒤이어 허공에 수십 개의 검이 나타났다. 악소가 자랑하는 가공할 초식들 중 하나였다.

"엇!"

지금까지와는 차원이 다른 속도와 변화에 그를 상대하던 검진의 구성원 하나가 당혹성을 터트렸다. 동시에 처절한 단말마가 터졌다.

"크악!"

검진의 중앙에 포진했던 황포인이 피를 뿌리며 쓰러졌는데, 그런 황포인이 왼쪽 다리가 정강이 아래쪽에서부터 잘려 나가고 없었다.

한 명이 쓰러지자 검진은 더 이상 위력을 발휘할 수 없었다. 그리고 그것은 죽음으로 이어졌다.

퍽! 퍽!

"크악!"

"으악!"

나머지 두 명마저 머리가 잘려 떨어졌다.

순식간에 검진 하나를 궤멸시킨 악소는 본래의 자리로 돌아와 검을 늘어뜨렸다.

"저럴 수가!"

"……!"

회포인의 낯빛이 굳어졌다.

그때 청포인이 악소를 향해 달려들었다. 악소만큼이나 빨랐고, 악소만큼이나 변화무쌍한 움직임이었다.

하지만 그는 더 이상 앞으로 나서지 못했다. 백운의 대도가 강기를 뿜은 탓이었다.

번쩍!

강기는 정확하게 청포인의 진로를 막았다.

꽝!

파파팟!

청포인이 뒤로 밀렸다. 그의 두 발이 긁고 지나간 바닥에 좁고 긴 고랑이 패였다.

파르르…….

한 번 손을 섞어 보면 상대의 수준을 가늠할 수 있는 법. 청포인은 백운을 응시하며 가늘게 눈빛을 떨었다.

그때 삼인 일조로 검진을 구성하고 있던 황포인들이 한데 모여 하나의 검진으로 형태를 바꾸었다. 이대로는 승산이 없다고 판단한 회포인이 파괴력을 높이기 위해 하나의 검진으로 바꾸는 선택을 내린 것이다.

그러나 그것은 오히려 악소가 바라던 바였다.

'이러면 외려 방어가 쉬워진다.'

내심 회심의 미소를 지으면서도 악소의 두 눈은 여전히 광포한 기운이 넘실거리고 있었다.

"지금이라도 포기하고 꺼지는 게 좋지 않을까?"

"무슨 그런 섭섭한 소리를. 네놈의 간교한 기만술에 두 번은 당하지 않는다."

치르륵.

회포인의 검이 혈광을 뿜었다.

혈광은 살아 있는 뱀처럼 검신을 이리저리 휘어 감으며 서서히 그 크기를 더해 갔다. 혈광이 반사된 악소의 두 눈도 붉게 물들어 갔다.

회포인이 싸늘히 말했다.

"저기 대도를 든 놈은 함부로 움직이지 못하니 합공을 해서 이놈부터 죽인다."
"알겠소."
"너희들은 저놈이 움직이면 우문적을 죽여라! 움직이지 않으면 후발대가 도착할 때까지 자리만 지켜라!"
"예!"
청포인이 회포인의 옆으로 이동했다.
무릇 고수들은 합공을 죽음보다 더한 수치로 여기는데, 이들은 그런 것따윈 괘의치 않는 모양이었다.
악소와 백운에게는 악재였다.
아무리 악소가 강하다 할지라도, 회포인과 청포인 또한 상당한 고수였다. 그 둘이 합공을 한다면 조심을 할 수밖에 없었다.
그렇다면 당연히 시간이 걸릴 수밖에 없을 테고, 그 와중에 또 다른 자들이 들이닥치면 문제는 심각해질 수밖에 없었다.
꿈틀.
백운의 미간에 굵은 주름이 올라왔다.
'여차하면 이놈을 포기할 수밖에.'
지금이라도 죽든가 말든가 상관 않고 그냥 달려 나가서 모조리 도륙을 내고 싶었지만 악소 때문에 그럴 수가 없었다.

회포인과 청포인이 악소를 향해 다가섰다.

악소는 검을 늘어뜨린 자세를 유지한 채 천천히 옆으로 돌았다.

'최대한 빨리 한 놈을 제거한다.'

파스스……

기운과 기운이 충돌하면서 서로의 한가운데 공간에서 눈이 마구 솟구쳐 올랐다.

그때였다.

"아미타불."

난데없이 뒤쪽에서 승려 한 명이 나타났다.

그러자 팽팽했던 공기가 한순간 일그러지면서 치솟던 눈이 가라앉았다.

난데없는 승려의 등장으로 집중력이 흐트러진 회포인과 청포인이 공격을 미루면서 뒤로 물러선 것이다.

하지만 그게 끝이 아니었다.

퍽!

둔탁한 소리에 이어 잘린 머리가 허공으로 솟구쳐 올랐다가 회포인이 발 앞에 떨어졌다.

털썩!

"……!"

"크악!"

또다시 비명과 함께 이번에는 한 황포인이 상체와 하체

가 분리되는 참혹한 죽음을 맞았다.

"살수다! 뒤로 빠져라!"

검진을 형성했던 황포인들이 재빨리 회포인과 청포인의 곁으로 이동했다.

그 와중에 또 한 명의 황포인이 머리가 뎅강 잘려 날아갔다.

"크악!"

"뭐, 뭐야……."

회포인의 두 눈이 한껏 커졌다.

어디서 누가 어떻게 움직이는지 전혀 보지 못한 채 수하 세 명이 죽어 나간 것이다.

씨익.

백운이 이를 드러내며 웃었다. 악소도 흐릿하게 웃었다.

그런 그들의 눈에 숲을 헤치며 나서는 철우의 모습이 선명하게 맺혔다.

철우가 악소와 백운을 번갈아 쳐다보고는 악소를 향해 한마디 툭 던졌다.

"여기서 뭐하고 있소?"

놀랍게도 철우는 악소와 백운이 인피면구를 쓰고 있음에도 한눈에 그들이라는 것을 알아보았다.

"얘기는 나중에 하고 이놈들부터 처치하지."

"누구요, 이놈들은."

"황하수련."

"황하수련?"

"자신들의 주인을 죽이기 위해 여기까지 쫓아온 놈들이다."

"그게 무슨 말이오?"

악소는 턱을 들어 백운이 서 있는 쪽을 가리키며 말을 이었다.

"저 양반이 우문적이다."

"……!"

천하의 철우도 놀라지 않을 수 없었다. 우문적이 왜 악소, 백운과 함께 있단 말인가. 그것도 곧 죽을 몰골을 하고서.

"말하자면 길어. 그러니 먼저 할 것부터 하자고."

"알겠소."

"소승도 한 팔 거들겠소. 크허허허!"

그때 백운이 철우에게 물었다.

"저 땡중도 우리 편인가?"

"그렇다고 볼 수 있지."

"그럼 잘됐네."

백운이 곧장 승려를 향해 외쳤다.

"어이, 땡중. 이리 와서 이 인간 좀 지켜라."

"싫……."

"싫다고 하면 네 대갈통부터 따 버릴 거야."
"아이고, 무서워."
휙!
승려가 바람처럼 백운의 곁으로 다가왔다. 백운조차도 놀라지 않을 수 없는 가공할 신법이었다.
'뭐야, 이놈은……'
히죽.
백운은 누런 이를 드러내며 웃는 승려를 한 번 째려보고는 앞으로 나섰다.
"속이 뒤집혀 뒈지는 줄 알았네. 퉤!"
씨익.
거칠게 침을 뱉은 백운은 이내 이를 드러내며 사납게 웃었다.
"조금 전까지 아주 그냥 미친개처럼 설치더니 어째 이리 조용할까?"

* * *

회포인의 귓속으로 청포인의 전음이 흘러들었다.
[저기 저자…… 아무래도 악마도인 것 같소!]
[……!]
[도신의 끝을 보시오.]

회포인의 두 눈이 백운의 대도 끝부분에 고정되었다. 햇빛이 반사되어 제대로 다 볼 순 없었지만, 도신에 새겨져 있는 악마(惡魔)라는 두 글자는 분명하게 볼 수 있었다.

'저놈이 악마도라면 저놈들은 또 누구란 말인가.'

자연스럽게 악소와 철우의 정체가 궁금해졌다.

아니, 불안해졌다고 하는 게 옳으리라.

눈 깜박할 사이에 수하를 여섯이나 잃었다. 그 바람에 이제 수적인 우위는 사라지고 말았다.

[후발대가 언제 올지 장담할 수 없으니 무조건 이곳을 빠져나가야 하오!]

[······!]

쾅!

전음성의 여운이 귓속에서 가시기도 전에 청포인이 땅을 박차고 뛰어올랐다. 회포인도, 이제 셋뿐인 황포인들도 돌연한 상황에 두 눈을 부릅떴다.

'이런 빌어먹을······.'

쾅!

회포인도 땅을 박차고 뛰어올랐다.

동시에 악소가 몸을 날렸고, 백운이 서 있던 곳에서도 눈이 치솟았다. 회포인과 청포인을 쫓아간 것이다.

졸지에 남게 된 철우와 승려가 서로를 쳐다봤다. 승려가 어깨를 으쓱해 보이며 히죽 웃었다.

"저것들은 내가 처치할까요?"

"그러든가."

철우는 묵묵히 고개를 끄덕이고는 우문적의 곁으로 다가갔다.

우문적은 마치 살아 있는 검이 다가오는 것 같은 착각을 느꼈다.

'이놈은 또 뭐지? 천하의 야차왕에게 취하는 태도를 보면 대단한 놈임에는 틀림은 없어 보이는데…….'

"그쪽이 정말 우문적인가?"

'이것들은 어째 하나같이 이렇게 싸가지가 없어.'

철우의 반말에 우문적의 눈썹이 역팔자로 휘어졌다.

"그렇다."

질문은 거기까지였다. 이내 철우는 관심도 없다는 듯 팔짱을 끼고 돌아섰다.

그때 승려가 세 황포인을 향해 다가가며 두 손을 맞잡았다.

으드득.

씨익.

"내가 지옥으로 보내 줄게. 크허허허!"

그때였다.

털썩!

"항복하겠소!"

황포인들이 검을 내려놓으며 일제히 바닥에 무릎을 꿇었다. 돌연한 상황에 승려는 어리둥절한 표정을 하고서 철우를 돌아봤다.
"그냥 죽여라."
"정말요?"
"그래."
씨익.
"아이, 좋아라! 크허허허!"

5장
성가시게 굴면 쫓아낼 수밖에

성가시게 굴면 쫓아낼 수밖에

"아미타불! 크허허허!"

콰콰쾅!

"크아악!"

"으악!"

승려, 혜몽의 광기 어린 웃음과 그가 쏟아 내는 화염의 난무, 그리고 갈기갈기 찢겨 나가는 황포인들을 바라보며 우문적은 등골이 서늘해졌다.

'하나같이 괴물 같은 놈들뿐이로구나!'

우문적은 팔짱을 낀 채 무심히 서 있는 철우의 뒷모습을 응시하며 눈빛을 떨었다.

'저렇듯 무서운 놈이 이놈 앞에서는 순한 강아지처럼 굴었다. 하면 이놈은 대체 얼마나 강하다는 건가?'

악소와 백운을 만난 이후로 이제 더는 북부무림에 놀랄 일은 없을 거라 여겼던 우문적은 자신의 생각이 틀렸음을 인정해야 했다.

"켁!"

마지막 남은 황포인이 가슴에 구멍이 뚫린 채 쓰러지는 것으로 혜몽과 황포인들 간의 싸움은 막을 내렸다.

"아미타불."

죽은 자들을 향해 합장을 하고 불호를 읊조리며 짐짓 근엄한 표정을 짓는 혜몽의 모습에 우문적은 헛웃음을 머금었다.

'미쳐도 제대로 미친놈이구나.'

혜몽이 다가왔다.

그는 대뜸 우문적을 똑바로 쳐다보며 음식 찌꺼기가 잔뜩 끼어 있는 이를 드러내며 히죽 웃었다.

씨익.

"시주가 도적 집단의 우두머리 우문적이오?"

도적 집단의 우두머리?

우문적의 눈썹이 칼날처럼 휘어졌다.

"입조심해라, 땡중. 그러다 대갈통 날아가는 수가 있다."

"아이고, 무서워라. 크허허허!"

"조용이 해라."

철우의 한마디에 혜몽은 피 묻은 손을 눈에 씻고는 품

속에서 뭔가를 꺼내어 먹기 시작했다. 먹다가 남은 닭다리였다.

우걱우걱!

"역시 닭고기는 식어야 더 맛있어."

우문적은 고개를 절레절레 흔들었다.

지금껏 살아오면서 저런 미친놈은 처음이었다. 하물며 누구보다 살생에 엄격해야 할 불문의 승려가 세 명을 도륙하고 그 앞에서 고기를 뜯는 모습이라니.

우문적은 철우를 응시했다.

"너도 철혈가주의 수하냐?"

철우가 대답 대신 우문적을 돌아봤다.

쉽사리 마주 보기 힘든 그의 시선을 우문적은 아랑곳하지 않고 쳐다봤다.

"지금부터 주군가에 도착할 때까지 내게 말을 걸지 않도록 해라, 우문적."

"……."

"나는 마두보다 도적 떼 같은 양아치들을 더 싫어하는 사람이니까."

"입조심……."

"끝까지 들어. 내 주군께서 너를 대우해 주라는 명령을 내리시기 전까지 너는 도적 집단의 수괴일 뿐. 그러니 쳐다보는 눈빛부터 숨소리 하나까지 조심하는 게 좋을 거야."

"조심하는 게 좋을 거야."

혜몽이 철우의 표정까지 흉내 내며 한마디 얹었다.

우문적은 애먼 혜몽을 죽일 듯 노려보며 시선을 돌렸다.

그때 숲이 흔들리더니 악소가 모습을 드러냈다. 그런 그의 손에 회포인의 머리가 들려 있었다.

"제법 강한 놈인 것 같았는데……."

"내가 놓치기라도 할 줄 알았나?"

휙!

악소는 수중의 머리를 숲으로 집어 던지고는 혜몽을 돌아봤다.

"이 친구는 뭐지?"

"그냥 미친놈이오. 자세한 건 주군가로 올라가면서 말해 주겠소."

"주군과 함께 온 거 아닌가?"

"……주군이 오시기로 했소?"

철우가 되물었다.

악소는 미간을 좁혔다. 연후의 곁을 떠나는 법이 없는 철우이기에 그가 왔으면 당연히 연후도 왔을 거라 생각했는데 그게 아닌 모양이었다.

철우가 말을 이었다.

"주군의 명으로 소림사에 다녀오는 길이오. 주군가로

향하다가 뜻하지 않게 백야벌의 고수들과 시비가 붙는 바람에 행적을 감추기 위해 북쪽으로 가지 않고 이곳으로 방향을 틀었다가 싸우는 소리를 듣고 왔을 뿐이오."

이쯤에서 악소는 관도에서 백야벌의 생존자로부터 들었던 말을 떠올렸다.

"이제 보니 너희들이었군. 관도에서 백야벌의 고수들을 죽인 자들이……."

"그걸 어떻게 알았소?"

"너답지 않게 생존자를 남겨 뒀더군. 놈에게 들었다. 한 미친 승려와 악마 같은 자에게 당했다고."

악소의 그 말에 철우의 발이 혜몽의 엉덩이를 강타했다.

퍽!

"켁!"

난데없는 발길질에 혜몽은 먹던 닭고기가 목에 걸려 한참을 캑캑거렸다.

악소가 말을 이었다.

"구룡객잔으로 가야 한다. 그곳에서 주군을 뵙기로 했다."

그때 숲이 흔들리더니 백운이 모습을 드러냈다. 그는 잔뜩 화가 난 얼굴로 피가 뚝뚝 떨어지는 팔 하나를 들고 있었다.

"놓쳤나?"

"……."

대답이 없는 것을 보니 놓친 모양이었다.

악소가 한마디 했다.

"아무래도 너는 경공술 수련을 더 해야겠어. 자! 다들 그만 이동하지."

"우린 함께 갈 수 없을 것 같소."

악소가 철우를 돌아봤다.

철우가 혜몽을 가리키며 말을 이었다.

"도시 곳곳에 백야벌의 고수들이 쫙 깔려 있을 텐데, 저런 몰골이면 금방 발각이 되고 말 거요. 그렇다고 그들을 다 죽일 수도 없는 노릇이지 않소."

"흠. 그렇겠군."

"내가 가서 주군을 모시고 올까요?"

백운이 나섰다.

"괜히 백야벌의 주의를 끌 필요는 없으니 그게 좋을 것 같습니다만."

"그래. 그렇게 해라."

"그럼 갑니다."

쾅!

백운이 땅을 박차고 뛰어올라서는 숲 너머로 사라졌다. 마치 조금 전에 경공술 수련을 더 해야겠다는 악소의 말이 틀렸음을 증명하기라도 하겠다는 듯 그는 혼신의 힘을 다해 경공술을 펼쳤다.

악소는 쓴웃음을 지었다.

"하여간에 단순하기는……."

"이런 난장판에서 주군을 기다릴 거요?"

"오다가 그럴듯한 곳을 봤으니 그곳으로 가지."

잠시 후 악소를 비롯한 이들은 사냥꾼들이 사냥을 할 때 머무는 곳으로 추정되는 자그마한 모옥으로 들어갔다.

그곳에서 악소와 철우는 서로 궁금했던 점에 대해 대화를 나눴다.

대화를 나누던 중에 철우가 품속에서 금합을 하나 꺼냈다. 뚜껑을 열자 금박을 둘러놓은 작은 환이 모습을 드러냈다.

"이게…… 공력을 증진시켜 준다는 대환단이라는 건가?"

"그건 소림의 보물과도 같은 것이라 도저히 구할 수 없었소. 이건 소환단이라는 것으로, 비록 대환단에 미치지는 못하지만 공력 증진에 꽤 효과가 있다는 것을 확인했소."

"대량 생산이 가능해야 북부에 도움이 될 텐데……."

"그래서 이 친구를 데려왔소."

악소가 혜몽을 응시했다.

혜몽은 모옥에 들어서기가 무섭게 코까지 골며 깊은 잠

에 빠져 있었다.

"이 친구가 제조법을 알고 있소."

"끌고 온 거냐, 아니면 제 발로 따라온 거냐?"

"방장이 딸려 보냈소."

"소림사의 방장이?"

"자세한 사정은 주군께 먼저 보고를 드려야 하니 궁금해도 참으시오."

그때였다.

"방장 새끼, 개새끼……."

혜몽이 잠꼬대인지 뭔지 모를 걸쭉한 욕설과 함께 눈을 비비며 일어섰다.

꼬르륵.

"아이고, 배고파."

"……."

* * *

구룡객잔.

그곳에서 연후와 서백이 술잔을 기울이고 있었다.

"월가가 정말 장로원주 서문회와 손을 잡았을까요?"

"두고 보면 알게 되겠지."

"만약 손을 잡은 거라면 대지존의 입지가 말이 아니게

될 수도 있을 텐데 말입니다."

연후는 말없이 술잔을 기울였다.

그 역시도 그 부분을 우려하고 있었다. 서문회가 야망이 큰 인물이라는 것은 천하가 알고 있는 사실이었다.

실제로 대지존 소무백이 언제 쫓겨날지 모를 신세라고 말하는 이들이 있을 정도로 서문회는 막강한 권력을 거머쥐고 있었다.

사실상 현재 백야벌의 주인이 서문회라 해도 과언이 아닐 것이다.

'대지존과 철군악 사자는 서문회가 월가와 손을 잡았다는 것을 모르고 있는 것일까? 알았다면 진즉에 내게 연락을 해 왔을 텐데……'

철군악이 월가가 움직였다는 것만 전서를 통해 알려왔을 뿐, 더 이상의 소식은 없었다.

연후는 그게 불안했다.

아직 사실 관계를 파악하지 못해서 연락을 취하지 않은 것이라면 모를까, 만에 하나 모종의 일을 당해서 연락이 끊긴 것이라면 문제는 심각해질 수밖에 없었다.

그때였다. 밖에서 가벼운 소란이 전해졌다.

서백이 자리에서 일어나 창가로 향했다.

"주군."

"무슨 일이냐."

"직접 보셔야 할 것 같습니다."

연후는 즉각 창가로 향했다.

그리고 저잣거리를 내려다보고는 미간을 좁혔다. 구룡객잔 맞은편에 제법 큼지막한 규모의 의원이 있었는데, 그곳의 입구에 각양각색의 복장을 한 무인들이 모여 있었다.

꽤 많은 자들이 무복에 피가 잔뜩 묻어 있는 것으로 봐서 한바탕 싸움을 치르고 온 모양이었다.

연후는 의원의 앞마당에 앉아 있는 중년인을 주시했다. 딱 봐도 고수의 풍모가 느껴지는 자였다.

"오늘은 더 이상 진료를 하지 않으니 다들 돌아가시오!"

"다른 의원으로 가 보시오!"

의원의 입구에서 두 명의 무사가 의원을 찾아온 사람들을 돌려보내고 있었고, 사람들은 무사들의 위압적인 태도에 겁을 집어먹고 황급히 돌아갔다.

서백이 혀를 찼다.

"무법천지가 따로 없군요. 무인들이 저렇게 행동하니 무림을 바라보는 사람들의 인식이 나빠질 수밖에요. 쯧쯧쯧."

"내려가서 사정을 알아보도록 해."

"알겠습니다."

서백이 내려가자 연후는 잠시 더 중년인을 응시하고는

자리로 돌아가 앉았다.

잠시 후 서백이 돌아왔다. 그가 놀란 표정으로 말했다.

"저자들…… 아무래도 백야벌에서 온 것 같습니다."

연후는 입으로 가져가던 술잔을 내려놓고 서백을 응시했다.

서백이 말을 이었다.

"자기들끼리 나누던 대화를 들었는데, 장로원주 서문회와 주작전에 대한 언급이 있었습니다. 아! 월가 쪽 사람들과 접선을 할 시간이 다 되어 가니 서두르자는 말도 들었습니다."

"확실히 그렇게 들었느냐?"

"예, 틀림없습니다. 주변에 저 말고는 무림인으로 보이는 사람들이 없어 마음 놓고 대화를 나눴던 것 같습니다."

서백의 말이 사실이라면 백야벌에서 온 자들이 틀림없었다.

"제법 빨리 움직이고 있군."

"그냥 내버려 둬도 괜찮을까요? 이러다가 주작전이 본가에 있다는 것을 의심하기라도 한다면 문제가 심각해질 수도 있지 않겠습니까."

"그건 걱정할 거 없다. 알아낼 수도 없거니와 설사 그렇다고 해도 본 가에 직접 들어와서 뒤지지 않고서는 증명할 방법이 없으니까."

쪼르륵.

연후는 빈 잔에 술을 따라서 한 잔 비웠다.

탁.

"아무리 백야벌이라도 북부의 영토를 마음대로 휘젓고 다니게 놔둘 순 없지."

"저들을…… 죽이실 겁니까?"

"백야벌과 대립할 순 없으니 죽이는 것보다야 쫓아내는 게 최선이라고 봐야겠지. 물론 사정의 여의치 않다면야……."

연후는 말끝을 흐리며 다시 한 잔을 비웠다.

서백은 굳이 뒷말을 듣지 않아도 연후가 어떻게 할 건지 충분히 짐작할 수 있었다.

'내가 괜한 걱정을…….'

굳어졌던 서백의 얼굴이 언제 그랬냐는 듯 활짝 펴졌다.

"술이나 마셔."

"내려가서 한 병 더 가지고 올까요?"

"내려가는 김에 주방에 말을 해서 미리미리 식사를 준비해 놓도록 해. 악소와 백운이 오면 바로 먹을 수 있게."

"알겠습니다."

자리를 박차고 일어난 서백이 문고리를 잡아 가려 할 때였다.

"저 손님…… 누가 찾아오셨습니다."

문밖에서 점소이의 목소리가 흘러들었다.

서백이 문을 열자 점소이와 함께 백운이 서 있었다.

"형님!"

씨익.

"잘 있었냐?"

"그럼요. 어서 들어오세요."

백운은 점소이에게 은자 부스러기를 쥐여 주고는 성큼 안으로 들어섰다.

"주군!"

"어서 오너라."

백운은 바닥에 엎드려 절을 했다. 서백은 빙그레 웃으며 백운의 대도를 벽 한쪽에 세워 놓았다.

"왜 너 혼자만 왔지?"

"그게……."

백운은 자초지종을 설명했다.

설명을 이어 가는 도중, 철우와 한 미친 승려가 함께 있다는 말에 연후는 내심 안도했다.

'무사했군.'

지금껏 돌아오지 않고 있던 철우를 걱정하고 있었던 연후였다.

"시장하지 않느냐?"

"괜찮습니다."

"그럼 이만 가 볼까?"

"주군."

"왜."

"밖에 모여 있는 자들 말입니다. 장로원주 서문회가 아끼는 백야벌의 특수 조직입니다. 아무래도 주작전을 쫓아서 내려온 것 같습니다."

"그래?"

"예. 놈들의 수장을 벌에서 본 적이 있습니다."

서백을 통해 백야벌에서 왔다는 건 알고 있었지만 서문회가 아끼는 특수 조직이라는 말이 흥미를 끌었다.

"차차 얘기하기로 하지."

연후가 일어서자 서백이 걸어 놓았던 장포를 가져왔다. 백운이 대도를 챙기며 물었다.

"저 자식들 성가신데…… 그냥 다 죽여 버리는 게 어떻겠습니까?"

피식.

연후는 하나도 변하지 않은 백운이 반가웠다.

* * *

공손황은 백야벌의 특수 조직의 수장으로 수년에 걸쳐 혁혁한 공을 세워 온 인물이다.

장로원주 서문회의 먼 인척이 되는 관계로 출세일로를 걷고 있는 그는 몇 년 전 아내와 사별을 한 이후로 주작전주 차소령에게 연심을 품어 왔었다.

 하지만 차소령은 넘을 수 없는 철벽과도 같은 여인이었다.

 몇 번에 걸쳐 연심을 전했지만 그때마다 차소령은 모욕감이 들 정도로 야멸차게 공손황을 거부했고, 그로 인해 둘의 관계는 악화일로를 치달았다.

 그러던 차에 주작전이 벌을 떠났고, 곧이어 체포령이 떨어지면서 공손황이 나서게 된 것이다.

 그에게는 주작전을 찾는 것이 목적의 전부가 아니었다.

 '죽을 수도 있는 곤경에 처한다면 내 마음을 받아 주지 않을 수 없을 것이다. 내겐 그녀를 살릴 수 있는 힘이 있다. 그녀도 그걸 알고 있으니 무슨 일이 있더라도 찾아내야 한다.'

 그의 진정한 목적은 바로 이것이었다.

 그러한 공손황의 심기가 매우 불편했다. 월가의 고수들과 만나기로 한 장소로 이동하던 도중에 정체불명의 무리들과 충돌을 했고, 그 와중에 수하를 두 명이나 잃었다.

 또한 다섯이 크고 작은 부상을 당했다. 특히 두 명의 상태가 심각해 어쩔 수없이 잠시 작전을 미루고 의원을 찾아와야 했다.

"전주님."

"무슨 일이냐?"

"시간이 꽤 걸린다고 하는데…… 이곳은 제가 지키고 있을 테니 맞은편 객잔으로 가셔서 좀 쉬시는 게 좋겠습니다."

"상태는."

"중상자 두 명은 오늘 밤이 고비라고 합니다. 나머지 대원들은 크게 걱정하지 않으셔도 될 것 같습니다."

팍!

공손황의 손에 쥐여 있던 찻잔이 산산조각이 나며 바닥으로 떨어졌다.

바르르…….

얼굴이 가는 경련을 일으켰다.

'정체조차 모를 놈들에게 이런 수모를 당하다니……. 이 사실이 벌에 알려지면 그 치욕은 또 어찌 감당할까. 빌어먹을!'

수하를 잃은 것보다 그것이 공손황을 더 화나게 만들었다.

"잠시라도 좀 주무십시오."

"여긴 다른 대원들에게 맡기고 따라오너라."

"……예."

공손황은 의원을 나와 맞은편 객잔으로 향했다. 구룡객잔이라는 이름에 걸맞게 객잔의 벽에는 용이 그려져 있었고, 간판에도 용머리가 조각되어 있었다.

"월가와 만나기로 한 곳에는 대원을 보냈겠지?"

"예. 지금쯤이면 그들과 함께 이곳으로 오고 있을 겁니다."

공손황은 안으로 들어섰다.

그때 연후와 일행들이 밖으로 나섰다.

서로를 스쳐 지나갈 때, 연후의 손이 미세하게 움직였지만 그것을 본 사람은 아무도 없었다.

공손황은 빈자리에 자리를 잡고 앉았다. 그러고는 뭔가를 떠올렸는지 수하에게 물었다.

"이곳이 북부의 영토인가?"

"굳이 따지자면 그렇게 볼 수 있을 겁니다."

"굳이 따지자면이라니?"

"그게…… 본디 중립 지역에 해당하는 영토이나, 과거 위연광은 이곳을 제멋대로 서북의 영토임을 주장하였고 벌에서는 그것을 암묵적으로 인정해 주었습니다. 소문에는 장로원주께서 위연광으로부터 상당한 양의 황금을 받았다는……."

"그건 내가 상관할 바가 아니고. 어쨌거나 중립 지역이라는 말이군."

"그렇습니다. 한데 그건 왜……."

"북부의 영토라면 작전에 들어가기 전에 북부에 알려야 하니까. 뭐 중립 지역이라면 그럴 필요도 없겠지만."

"벌의 임무를 수행하는 것인데 굳이 그렇게까지 할 필요가 있는 겁니까?"

"장로원주가 그러라 하셨다. 북부무림과 철혈가를 꽤 신경 쓰는 눈치더군. 하니 중립 지역이라고는 하나, 철혈가와의 충돌은 가급적 피하도록 해야 한다."

"알겠습니다."

공손황은 냉수를 한모금 들이켜고는 눈빛을 발했다.

"솔직히 궁금하다."

"뭐가 말입니까?"

"북부의 주군 말이다. 도대체 얼마나 뛰어나기에 그 젊은 나이에 두 세력의 주군이 되었고, 대지존조차도 우습게 여기는 장로원주가 그토록 신경을 쓰는지 말이다."

"장로원주께서 그렇게나 신경을 쓰고 계십니까?"

"내 눈에는 그렇게 보였다."

그때 점소이들이 술과 요리를 갖고 오면서 대화는 자연스럽게 중단되었다.

"많이 드십시오, 전주님."

공손황은 젓가락을 집어 고기 한 점을 털어 넣었다. 그리고 술 한 잔을 채워 입으로 가려가려고 할 때, 객잔 안으로 대원 한 명이 뛰어들었다.

"전주님!"

"무슨 일인데 호들갑을 떠는 것이냐!"

"월가의 고수들이 모두 살해당했습니다!"

"뭣이……!"

"그들이 묵었던 객잔의 주인과 점소이들까지 깡그리 죽어 있었습니다! 혹시나 싶어 주변을 탐문해 봤지만 당일 날씨가 워낙에 험한 탓인지 목격자를 찾지 못했습니다!"

탁! 퍼석!

너무 강하게 내려놓은 바람에 술잔이 박살이 나 버렸다.

"대체 어떤 놈들이 감히 월가를……."

공손황의 미간에 굵은 주름이 올라왔다.

"아무래도 느낌이 좋지가 않아."

"일단은 장로원주께 전서를 보내어 보고부터 해야지 않겠습니까?"

"당장 그렇게 해! 다만 우리에 대한 내용은 적지 않아야 한다!"

"알겠습니다."

측근이 대원과 함께 물러가자 공손황은 거푸 술잔을 비웠다.

탁!

'우리랑 똑같이 월가도 의문의 무리와 충돌을 했다. 과연 이걸 우연이라고 볼 수 있을까? 우연이 아니라면 의도적으로 우리를 방해하려는 세력이 있다는 건데…….'

탁!

공손황은 젓가락을 내려놓고 수하들이 있는 의원으로 향했다.

그때였다.

"손님!"

점소이가 그를 불러 세웠다.

돌아보니 허리에 손을 얹고 도끼눈을 하고 있었다.

"그냥 가시면 어쩝니까? 돈을 내셔야지요!"

공손황은 객잔을 둘러봤다.

많은 사람들이 자신을 이상한 눈으로 쳐다보자 그는 점소이에게로 다가갔다.

"얼마냐."

"은자 한 냥입니다."

공손황은 순순히 은자 한 냥을 건넸다.

하지만 그게 끝이 아니었다.

퍽!

"퀙!"

공손황의 주먹이 점소이의 복부에 꽂혔다. 뒤이어 뒷덜미를 움켜잡고는 그대로 탁자에 얼굴을 박아 버렸다.

쾅!

와장창창!

"넌 좀 친절해야 했어."

* * *

'누가 내 욕을 하나?'

뚝!

연후는 가면서 나뭇가지 하나를 꺾었다. 갑자기 귀가 간지러웠던 것이다.

그는 곧장 서백에게 지시를 내렸다.

"도시 서쪽에 큰 강이 있으니 그곳에 가면 반드시 황하수련의 병력이 있을 것이다. 너는 그들을 찾아가 동료들을 죽인 자들이 이곳에 있음을 전해라. 물론 이들이 백야벌에서 왔다는 건 감추도록 하고."

"알겠습니다."

서백이 떠나자 백운이 물었다.

"이런 외진 곳에서 활동하는 황하수련 놈들이 과연 상대가 될까요? 보나마나 오합지졸일 텐데 말입니다."

"가시에 찔린다고 사람이 죽지는 않는다. 하지만 어디를 찔리느냐에 따라 제법 성가시게 만들 순 있는 법. 혹시 모르지. 운이 따라 준다면 그 이상을 해 줄지도."

"하긴 뭐 우리가 손해 볼 건 없으니 누가 죽든 피 터지게 싸우길 바라야겠습니다."

"대지존은 좀 어떠하시냐?"

"변함없으십니다. 처해 계신 상황 때문인지 웃으시는 모습을 본 지 꽤 오래되었습니다."

"철군악 사자가 심려가 크겠군."

"심지어 최근 철군악 사자에 대한 장로원주의 경계가 극심하여, 벌의 수뇌부들까지 철군악 사자를 멀리하고 있습니다."

"장로원주의 눈치를 보는 모양이군."

"수뇌부 대부분이 장로원주와 직간접적으로 연결되어 있어서 그런 모양입니다."

"흠……."

"그래도 다행히 철군악 사자를 계속해서 따르는 이들도 있었습니다."

"야랑을 말하는 것이냐?"

"야랑 외에도 꽤 있었습니다. 저희가 내려오기 전에 한 도시로 나갔었는데……."

백운은 걸어가면서 철군악을 만났던 도시의 비밀 장원에 대해 말을 해 주었다.

연후는 백운의 말을 들으며 철군악을 떠올렸다.

'그냥 당할 사람은 아니지.'

휘이잉.

며칠 동안 사납게 불어 대던 바람이 어느새 훈풍으로 바뀌어 있었다. 한겨울의 바람치고는 이상하다 싶을 만큼 온기를 머금고 있었다.

연후는 전방의 산을 응시했다.

'우문적의 망명이라……'

정말이지 상상조차 못했던 일이 벌어졌다.

연후는 이 기회를 결코 놓치고 싶은 생각이 없었다.

'어쩌면 검가의 칼을 빌려 황하수련을 예정보다 빨리 무너뜨릴 수도 있겠군.'

이미 그의 머릿속에는 이후에 그려 나갈 그림이 그려져 있었다. 그 그림대로만 흘러가 준다면 백야벌과 장로원주 서문회의 견제를 받지 않고도 황하수련을 무너뜨릴 수 있으리라.

"백운."

"예. 주군."

"경공술 수련은 좀 했나?"

"그게, 제가 그동안 좀 바빠서……."

"가야 할 곳이 네 경공술로 얼마면 가능하느냐."

"한 시진하고 이각쯤이면 충분합니다."

"한 시진 안에 주파한다."

"……예?"

"뭐해. 앞장서지 않고."
"예……."

　　　　　　＊　＊　＊

 우문적은 깜박 잠이 들었다.
 그리고 악몽을 꿨다. 악몽은 한동안 그를 몸부림치게 만들고서야 사라졌다.
 "헉!"
 악몽에서 깨어난 우문적은 다시 소스라치게 놀랐다. 사람의 모습을 할 괴물이 자신을 빤히 쳐다보고 있었던 것이다.
 헤몽이었다. 그는 우문적이 악몽을 꾸며 몸부림칠 때부터 코앞에 다가와 신기한 듯 쳐다보고 있었다.
 우문적은 반사적으로 주먹을 뻗었다. 비록 부상을 입은 몸이라도 지닌 가락이 있어 속도는 놀라울 정도로 빨랐다.
 하지만 헤몽은 그 정도 주먹에 당할 자가 아니었다. 오히려 그는 주먹을 피해 얼굴을 옆으로 가져가더니 우문적의 팔목을 냅다 물어 버렸다.
 콱!
 "……!"

"히히히."

"그만해라. 정신 사납다."

우문적은 철우의 한마디에 물었던 손목을 놔주며 뒤로 물러서는 혜몽을 죽일 듯 노려보았다.

하지만 섣불리 움직이는 바람에 극심한 고통이 올라오면서 온몸을 새우처럼 웅크려야 했다.

꼬르륵.

"아이, 배고파. 시주, 내가 나가서 산돼지라도 잡아 오겠소."

"너무 멀리 가지 마라."

"아미타불. 일각 안에 돌아오겠소."

악소는 밖으로 나가는 혜몽의 뒷모습을 응시하며 고개를 절레절레 흔들었다.

"소림사의 규율이 꽤 엄격하다고 들었는데, 어째서 저런 놈이 파문을 당하지 않은 거지?"

"하는 짓은 백번 파문을 당해도 이상할 게 없지만 실력은 소림사의 방장도 한 수 접어 줘야 할 정도로 대단한 친구입니다. 거기에 항렬도 꽤 높습니다."

"하긴 권강을 다룰 정도면 대단한 게 아니라 무서울 정도라고 봐야겠지. 그러고 보니 우리 쪽에 권법에 능통한 고수가 없군그래."

"저 친구는 욕심 부리지 마시오."

"딱히 그런 생각도 없었지만, 왜 그렇게 말하는지 궁금하기는 하군."

철우가 피식 웃었다.

"하루만 같이 있어 보시오. 살인충동을 수백 번은 더 느끼게 될 거요. 후후후."

악소도 피식 웃었다.

그때였다.

쾅!

"우웩!"

돌연 밖에서 폭음과 함께 비명성이 울렸다.

악소와 철우는 누가 먼저랄 것도 없이 모옥의 문을 향해 몸을 날렸다.

"이봐! 한 사람은 나를 지켜야지!"

쾅!

모옥의 문이 박살 나면서 우문적의 목소리는 묻히고 말았다.

밖으로 뛰쳐나간 악소와 철우.

그들은 눈 속에 처박힌 채 허우적대고 있는 혜몽을 발견하고는 눈빛을 가라앉혔다.

폭음은 분명 한 번만 울렸다.

그렇다면 누군가 일격에 혜몽을 쓰러뜨렸다는 것을 의미한다.

그때였다.

투두둑.

소나무가 품었던 눈이 떨어지며 두 사람이 모습을 드러냈다.

연후와 백운이었다.

철컥! 철컥!

악소와 철우는 검을 거두고 머리를 조아렸다.

"주군을 뵙습니다."

"오랜만이군."

"예, 주군."

악소는 웃었다. 그리고 연후도 웃었다.

하지만 철우는 눈을 털며 일어서는 혜몽을 응시하며 한숨을 내쉬었다.

연후는 철우를 돌아보며 물었다.

"네가 데려왔다는 승려가 저 친군가?"

"예. 지시하신 것 때문에 데려오긴 했습니다만……."

"아이고, 아파라!"

"예를 갖춰라. 북부의 주군이시다."

"……예?"

눈을 털고 일어서던 혜몽이 엉거주춤한 자세로 연후를 응시했다.

연후는 혜몽의 눈동자에 어려 있는 광기(狂氣)를 읽을

수 있었다. 마두들과는 확연히 다른 그것은 연후도 처음 보는 기괴한 것이었다.

"죽고 싶나?"

철우의 한마디가 이어지고서야 혜몽은 합장을 하며 머리를 조아렸다.

"소승 혜몽이 감히 가주를 몰라뵙고 무례를 범했습니다. 부디 너그러운 마음으로 하해와 같은 은혜를 베풀어 주소서. 아미타불."

이럴 땐 영락없는 진중한 승려였다.

하지만 그건 아주 잠깐이었다.

"아이고, 아파라! 아이고!"

어린애처럼 펄쩍펄쩍 뛰는 혜몽의 모습에 철우는 연후를 볼 면목이 없었다.

"죄송합니다. 원래 상태가 좀 좋지 않은 놈이라서……."

"괜찮다."

연후는 곧장 모옥을 향했다.

박살이 나 버린 문 뒤에서 천천히 일어서고 있는 우문적의 모습이 보였다.

둘의 시선이 허공을 격하고 얽혀들었다.

우문적이 먼저 입을 열었다.

"오랜만이외다, 가주."

"오랜만이오, 련주."

＊　＊　＊

'이 정도였다니…….'

우문적은 숨이 턱턱 막히는 기분이었다.

지난날 백야벌에서 봤을 때와는 확연히 다른 기도와 분위기였다.

한 걸음 걸어올 때마다 태산이 밀려드는 것 같았다.

그 뒤로 한 지방의 패주가 되어도 전혀 부족함이 없을 야차왕과 악마도, 그리고 악소가 가장 조심하라고 경고했던 철우까지 있으니 위압감은 더할 수밖에 없었다.

'저들에 더해 암흑마신과 혈왕까지…… 서북무림이 망한 것도 결코 우연은 아니었구나.'

우문적은 새삼 궁금했다.

과연 연후는 얼마나 강할까.

무력이 곧 모든 것이나 다름없는 무림에서 야차왕, 악마도, 암흑마신과 같은 강자들이 자신보다 약한 자를 주군으로 섬길 리는 없었다.

우문적으로서는 그들이 따르는 연후의 무위가 감히 어느 정도일지 짐작조차 하기 어려웠다.

'침착하자. 아무리 망명을 하는 처지라도 초장부터 꿀리고 들어갈 순 없다.'

우문적이 각오를 다질 때 연후가 말을 이었다.

"련주가 처한 상황은 수하들을 통해 대충 들었소. 유감이오."

"뭐, 그렇게 되었소. 어쨌든 고맙소."

"그나저나 망명을 하시겠다고……."

"받아 주겠소?"

"받아 주겠소."

"……!"

우문적은 내심 놀랐다.

받아 줘도 최소한의 조건은 요구할 것이라 예상했었다. 해서 준비한 것이 평생 동안 모아 놓은 재물의 헌납이었다.

악소에게 약속했던 것과는 차원이 다른 수준의 재물을 자신만이 알고 있는 공간에 숨겨 놓고 있었다. 그 정도 재물이면 북부가 아니라 그 어떤 가문에 망명을 신청해도 받아들여질 것이라 확신하고 있던 우문적이었다.

'설마 무슨 꿍꿍이가 있는 건 아니겠지?'

내심 치미는 불안감에도 우문적은 애써 표정을 유지했다.

"긴말은 본 가에 가서 하도록 하고…… 걸을 수 있겠소?"

"문제없소."

연후는 바로 돌아섰다.

"그만 가지."

"예."

철우가 앞장을 섰다.

혜몽이 그 옆을 찰싹 달라붙었고, 악소와 백운은 만약의 경우에 대비해 우문적의 뒤쪽에 포진했다.

우문적은 악소를 돌아봤다.

[이봐, 야차왕. 설마 무슨 꿍꿍이가 있는 건 아니겠지?]

[전음을 사용해도 괜찮소?]

[내가 회복 속도가 좀 빠른 편이지. 됐고, 질문에 대답이나 해라.]

[왜 그렇게 생각하시오?]

[너희 주군이 망명을 너무 쉽게 받아들이니 괜히 찝찝해서 이런다.]

[알겠소. 그럼 복잡하고 어렵게 하시라 말씀 올리겠소.]

[…….]

우문적은 코끝을 실룩거리며 다시 전음을 날렸다.

[본 좌는 오직 너, 야차왕을 믿고 북부를 선택했다. 하니 네가 책임져라.]

[나를 믿지 말고 우리 주군을 믿으시오. 그리고 주군 앞에서는 본 좌라는 말…… 아니, 철혈가에 입성하는 순간부터는 그 말을 다시는 쓰지 않도록 하시오.]

[그럼 뭐라고 해야 하지?]

[뭐 불초소생, 이런 것까지는 바라지도 않소. 하니 알]

아서 잘 처신하시오.]

 [빌어먹을…….]

 우문적은 대꾸하지 않고 고개를 휙 돌렸다.

 악소의 입가에 흐릿한 미소가 떠올랐다.

 '소문이 와전이 되었던 모양이군. 거칠고 사납지만 교활한 구석은 손톱만큼도 없는 자다. 거기에 거만함의 이면에는 우직하고 단순한 구석도 있으니, 어쩌면 생각하는 이상으로 좋은 관계가 될 수도 있겠군.'

 악소는 연후의 뒷모습을 바라봤다. 그리고 그 앞을 걸어가는 철우의 뒷모습에 백운이 흥얼거리는 콧노래까지.

 악소의 입가에 떠오른 미소가 더욱더 짙어졌다.

 '오랜만이군. 이렇게 넷이 함께 걷는 것도…….'

* * *

 며칠 후 철혈가.

 우문적은 철혈가의 정문을 넘어서며 감탄을 금치 못했다.

 '용담호혈이 따로 없군.'

 멀리서 볼 때는 그저 크고 웅장할 뿐이었다. 하지만 정문을 넘어서는 순간부터 온몸을 짓누르는 알 수 없는 기운에 자신도 모르게 위축이 되었다.

 "충!"

오가던 무사들이 연후를 향해 군례를 취했다.

우문적을 놀라게 만든 것은 무사들이 풍기는 비범함이었다. 허드렛일을 하는 하급 무사들에게서조차 황하수련에서는 한 번도 느껴 보지 못한 위압감이 전해졌다.

'주인이 바뀌었다고 이렇게까지 변할 수가 있나? 이런 놈들을 상대로 전쟁을 벌일 생각을 했으니……..'

생각만 해도 등골이 서늘해지는 우문적이었다.

잠시 후, 우문적은 대전이 아닌 연후의 거처로 들어섰다.

'어째 호위무사 한 명 보이지 않을까?'

다른 곳보다 더욱더 삼엄해야 할 연후의 거처는 오히려 평온할 따름이었다.

우문적은 이내 깨달았다.

'그만큼 자신이 있다는 건가?'

"앉으시오."

우문적은 연후의 맞은편에 앉았다.

잠시 후, 철우가 직접 차를 갖고 들어왔다. 우문적으로서는 철우 같은 무시무시한 고수가 직접 차를 나른다는 게 그저 황당할 따름이었다.

"곧 있으면 부상을 살펴 줄 사람이 올 거요. 그때까지는 골치 아픈 얘기는 미루는 게 좋겠소."

"이 몸은 상관없으니 바로 본론으로 들어갑시다."

"괜찮겠소?"

"이깟 부상 따위가 무슨 대수라고……. 괜찮소."

연후는 내심 웃었다. 그는 모옥에서부터 우문적이 기에 눌리지 않으려 애를 쓴다는 것을 간파하고 있었다.

탁.

연후는 차를 한 모금 마시고는 본론을 꺼냈다.

"서로 원하는 것부터 들어 보는 게 좋을 것 같소만. 먼저 하시겠소?"

"가회, 그놈의 모든 것을 무너뜨릴 수만 있다면 가주에게 내 목숨도 바칠 수 있소."

"진심이오?"

탁!

우문적이 뜨거운 차를 단숨에 비우고는 가슴을 쭉 펴면서 눈에 불꽃마저 머금었다.

"나 우문적, 비록 도적 떼의 수괴 노릇을 해 왔지만, 지금껏 살아오면서 한 입으로 두말을 한 적은 없소이다! 가주께서 이 몸을 믿지 못하겠다면 다른 가문으로 망명하겠소!"

"좋소. 하면 내가 원하는 것을 말하겠소."

"눈치가 없으면 어디 사람이라 할 수 있겠소. 가주께서 원하시는 것은 내 머릿속에 들어 있는 정보가 아니겠소."

"숨김없이 다 공개할 수 있겠소?"

"물론이오! 지금 당장 지필묵을 가져오면 밤을 새워서라도 내 머릿속에 들어 있는 모든 정보를 빠짐없이 적어 주겠소!"

'거짓이 아니다.'

연후는 돌아오는 길에 악소가 했던 말을 떠올렸다.

소문과는 달리 우직하고 단순한 면이 있어서 잘만 다루면 크게 써먹을 수 있을 사람인 것 같습니다.

'이러면 가회에게 고맙다고 해야겠군.'

아무리 생각해도 우문적의 망명은 호박이 넝쿨째 굴러들어온 격이었다.

"혹시 원하는 게 더 있소?"

"원하는 것까지는 아니고 부탁이 있소."

"말해 보시오."

"그게……."

우문적이 말끝을 흐렸다. 하지만 곧 눈빛을 고치더니 말을 이었다.

"쫓겨난 주제에 할 말은 아니지만, 내 체면을 좀 세워주면 고맙겠소. 그래도 명색이 팔대가문의 수장이었는데…… 항자 취급을 당하면 좀 그렇지 않겠소."

"그것 말고 다른 것은 더 없소?"

"없소!"

"알겠소. 체면이 아니라 본 가의 귀빈으로 대할 것을

약속하겠소."

"……정말이오?"

"정말이오."

"그럼 당장 저 친구 눈빛부터 어떻게 좀 해 보시오. 아주 그냥 낯이 따가워 죽을 맛이오."

"……!"

우문적이 자신을 가리키자 철우는 황당함을 금치 못했다.

연후는 쓴웃음을 머금었다.

"저 친구는 원래 저렇소. 백야벌의 대지존 앞에 갖다 놔도 지금과 같을 것이오."

"크흠! 그렇다면야……."

그때였다.

"저예요."

동방리의 목소리가 문밖에서부터 흘러들었다. 철우가 문을 열어 주자 그녀가 들어섰다.

그때 우문적의 귓속으로 철우의 전음성이 흘러들었다.

[주군을 대하듯하시오. 만에 하나 무례하게 굴면…….]

"동방리가 련주를 뵈어요."

"……우문적이오."

"진맥부터 해 볼까요?"

"……!"

우문적이 연후를 돌아봤다.

"련주의 부상을 돌봐 주실 분이오."

"아…… 예."

우문적은 연후의 어조에 철우가 왜 그런 전음을 날렸는지 이해가 갔다.

'염라대제 앞에서도 건방을 떨 것 같은 철혈가주가 대하는 태도를 보면 꽤 지체가 높은 여인네인가 보군.'

우문적은 원래 여자를 잘 믿지 않는다. 살아오면서 몇 번 크게 데인 적이 있어서였다.

하지만 연후가 동방리를 매우 중히 여기는 것 같아서 순순히 손목을 맡겼다.

"철우."

"예, 주군."

"소환단을 몇 개나 가져왔지?"

"세 갭니다."

"하나만 가져와 봐."

"……예?"

"가져와 봐."

연후의 의도를 간파한 철우가 바로 전음을 날렸다.

[굳이 그렇게까지 할 필요가 있겠습니까?]

[이자에게 보다 강한 믿음을 심어 줘야 할 때다. 하니 가져와.]

[……예.]

철우는 품속에 들어 있던 세 개의 금합 중 하나를 꺼내 연후에게 건넸다.

연후는 금합을 열어 소환단을 꺼냈다. 그러고는 동방리에게 물었다.

"이걸 복용하면 회복에 도움이 되겠소?"

"이게 뭐죠?"

"소림사의 소환단이오. 대환단과 성분이 비슷하다고 보면 될 거요."

"그럼 당연히 도움이 되죠."

연후는 소환단을 우문적에게 내밀었다.

"진맥이 끝나면 바로 복용토록 하시오. 복수를 하려면 하루라도 빨리 나아야지 않겠소."

"……정말 내가 먹어도 되겠소?"

"함께하게 된 것을 축하하는 의미에서 주는 선물이라 생각하시오."

"고맙소!"

그날 밤, 우문적은 아픈 몸에도 불구하고 종이를 쌓아 놓고 황하수련과 관련한 정보를 하나하나 적었다. 그리고 새벽녘이 되어서야 잠자리에 들었다.

6장
기분 좋은 날

기분 좋은 날

적벽, 검가의 군영.

이른 아침부터 검신 북궁소의 거처에 수뇌부가 모였다. 대공자 북궁천도 함께했다.

북궁소가 좌중을 쓸어 보고는 입을 열었다.

"첩보에 의하면 황하수련의 군사 가회가 반란을 일으켰다고 한다."

좌중이 크게 술렁거렸다.

북궁소는 군사 백도량을 돌아봤다.

백도량이 말을 받았다.

"보다 확실한 정보를 받아 봐야겠지만, 황하수련의 총단에서 활동하는 세작이 전한 것이니 반란이 일어났다고 보는 것이 옳을 듯합니다. 해서 주군과 상의 끝에 적벽에 주둔하고 있는 병력을 서북쪽으로 진군시켜 황하수련의 총단에서 최대한 가까운 곳에 일차 교두보를 마련하기로 하였습니다. 다른 고견이 있으시면 말씀해 주시기 바랍니다."

"주군께서 뜻을 정하셨다면 그저 따를 뿐이지요."

"저 역시 동감입니다."

말은 고견이지만 이견을 물은 것이다. 주군인 북궁소가 있는 자리에서 이견은 있을 수 없는 일이었다.

하지만 북궁천은 아니었다. 그가 자리에서 일어나 말했다.

"반란이 일어났다고 해도 여전히 황하수련의 전력은 막강합니다. 또한 적벽에서 서북쪽으로 더 올라가면 사방 오십리 안쪽까지 강을 끼고 도는 평원 지대인데, 병력의 수에서 부족한 본 가가 수군까지 강력한 황하수련을 상대한다는 것은 너무 위험하다고 봅니다."

백도량은 묵묵히 고개를 끄덕였지만 북궁소는 눈빛부터가 매섭게 변했다.

그가 싸늘히 물었다.

"하면 너는 어찌하면 좋겠느냐?"

"북부에 지원을 요청하십시오. 멀지 않은 곳에 총사 마의태가 이끄는 북부의 남부방위군이 있으니 그들의 지원을 받는다면 병력의 열세를 충분히 만회할 수 있을 것입니다."

"그놈에 북부, 북부!"

쾅!

북궁소가 탁자를 내리치자 찻잔이 떨어져 박살이 나버렸다.

한순간 좌중이 차갑게 얼어붙었다.

북궁천은 아버지 북궁소가 분노를 터트리자 당황한 기색을 비쳤다. 하지만 곧 눈빛을 가라앉히며 북궁소를 직시했다.

북궁소가 노기를 담은 목소리로 말을 이었다.

"어쩔 수 없이 북부와 동맹을 맺었지만 이 전쟁은 우리의 전쟁이다. 전면전 양상으로 흐르지 않는 한 북부의 도움 따윈 기대하지도 말 것이며, 또한 내 앞에서 언급하지도 말거라!"

"필요할 때만 도움을 청한다면 북부가 본 가를 어찌 보겠습니까. 동맹에 대한 예의가 아니라고 생각합니다."

"그만하래도!"

[대공자, 나중에 저와 얘기하시지요.]

백도량이 재빨리 전음을 날리자, 북궁천은 지그시 눈을 감고는 자리에 앉았다.

그때였다.

"주군, 북부에서 전령을 보냈습니다!"

막사 밖에서 흘러든 목소리에 백도량은 북궁소를 응시했다.

"기다리라 전해라!"

"주군, 전령을 기다리게 할 순 없습니다. 속하가 먼저 나가서 맞도록 하겠습니다."

"그리하거라."

백도량은 막사를 나서면서 북궁천에게 눈짓을 보냈다. 그가 나가고 북궁천도 바로 막사를 나섰다.

둘은 북부의 전령이 있는 곳으로 나란히 걸었다.

"너무 마음에 담아 두지 마십시오. 그래도 회의 참석은 허락하셨지 않습니까."

"하루 이틀에 걸친 것도 아닌데 이제 이 정도로는 아무런 감흥조차 없습니다. 다만 아버지께서 점점 더 독선과 아집에 사로잡혀 가는 것 같아 안타까울 따름입니다."

"적벽에서의 전투에서 너무 많은 사상자가 나는 바람에 신경이 날카로워지셔서 그런 것이니 너무 걱정하지 마십시오."

북궁천은 다른 말을 하려다가 말았다.

백도량은 그런 북궁천을 보며 빙그레 미소를 머금었다.

"말씀 잘하셨습니다. 사실 저도 대공자와 같은 의견을 냈었습니다."

"군사께서 반대했는데도 적벽의 병력을 북서쪽으로 진군하기로 하셨단 말입니까?"

"주군의 말씀에도 충분히 일리가 있어 제가 고집을 꺾은 것뿐입니다. 나중에 자세하게 말씀을 드리겠습니다."

잠시 후 둘은 북부의 전령을 맞았다.

전령은 뜻밖에도 백도전주 장패였다. 북부군단에서 윤회를 보좌하다가 얼마 전에 남부방위군으로 내려온 그였다.

"어서 오십시오. 군사의 직을 맡고 있는 백도량이라고 합니다. 그리고 이분은 본 검가의 대공자이십니다."

"북궁천입니다."

"철혈가 백도전주 장패라고 합니다."

인사를 건넨 장패는 백도량에게 곧장 물었다.

"가주를 뵙고 싶습니다만."

"아…… 지금 주군께서는 급한 일로 회의를 주재하고 계십니다. 급한 전갈이면 제게 말씀하시지요."

"알겠습니다."

"하면 제 막사로 가시지요."

잠시 후, 세 사람은 백도량의 막사에서 마주 앉았다.

장패는 앉기가 무섭게 품속에서 연통을 꺼냈다. 흔히 사용하는 것보다 몇 배는 더 큰 연통에 백도량과 북궁천은 서로를 쳐다봤다.

장패는 연통을 백도량에게 건넸다.

백도량은 즉시 마개를 열고 그 안에 담겨 있던 연후의

서신을 꺼냈다.
'뭐가 이렇게 많지?'
그때 장패가 다른 것도 꺼냈다.
"아! 서신은 이것입니다."
백도량은 즉각 연후의 서신을 펼쳤다.

직접 얼굴을 보며 대화를 나눠야 마땅하나 촌각을 다투는 사안이라 이렇게 전령을 통해…….

파르르…….
서신을 읽어 내려가는 백도량의 눈빛이 흔들리기 시작했다. 가장 중요한 부분에서는 나지막한 신음을 토하기도 했다.
"읽어 보시지요."
백도량은 서신을 북궁천에게 건넸다.
북궁천도 백도량의 반응과 다를 바 없었다. 서신의 내용을 다 확인한 그가 놀란 표정으로 장패에게 물었다.
"우문적이 정말 북부로 망명을 했단 말입니까?"
"예. 우문련주는 지금 본 북부의 주군가에 머물고 있습니다."
그때 백도량은 두툼한 종이 더미를 펼쳤다. 펼쳐 놓고 보니 한 권의 얇은 책자였다.

책자를 살펴 가는 백도량은 점점 더 흥분한 모습을 보였다. 그러더니 자리를 박차고 벌떡 일어섰다.
"당장 주군께 가 봐야겠습니다! 대공자께서 사신을 좀 모셔 주십시오!"
"예, 군사."
막사를 나선 백도량은 흥분된 마음을 애써 억누르며 북궁소의 막사로 향했다.
'우문적의 입을 통해 얻어 낸 정보라면 틀림없는 사실일 터. 하면 황하수련이 대응책을 강구하기 전에 우리가 먼저 움직여야 한다.'
백도량은 황하수련을 무너뜨릴 절호의 기회를 잡았다고 여겼다.
지금껏 황하수련은 검가에게 눈엣가시와도 같은 집단이었다. 남부에 터전을 둔 검가가 중원으로 진출을 하려면 반드시 통과해야 하는 관문이 바로 황하수련이었다.
하지만 지금껏 검가는 황하수련의 벽을 넘지 못하고 남부에 머물러야 했다. 상대적으로 열세인 병력의 수도 수였지만, 자타가 공인하는 천하최강의 수군은 검가가 넘을 수 없는 거대한 장벽이었다.
"흥!"
백도량은 오가던 군사들이 건네는 인사마저도 외면한 채 서둘러 북궁소의 막사로 들어갔다.

* * *

철혈가.

 북부 전역의 방어망 재편이라는 막중한 임무를 수행하던 현진이 연후의 부름을 받고 돌아왔다.

 곧장 현진을 거처로 불러들인 연후는 그에게 황하수련과 관련한 내용을 전했다.

 내용을 전해 들은 현진은 차를 한 모금 마신 뒤에 입을 열었다.

 "검가의 칼을 빌려 황하수련을 무너뜨리겠다는 주군의 계책에 감탄을 금치 못하겠습니다. 주군의 뜻대로 이루어진다면 별다른 출혈 없이 황하수련이라는 막강한 적을 제거할 수 있을 것입니다. 다만……."

 말끝을 흐리는 현진.

 연후는 찻잔을 들어 입으로 가져가며 현진의 뒷말을 기다렸다.

 현진이 말을 이었다.

 "검가가 이 전쟁의 주역이 된다면 승전에 따를 보상도 한 그들이 더 많이 가져가게 될 터인데…… 자칫 잘못하면 일이 복잡해질 수도 있을 것입니다."

 "검가가 지금보다 훨씬 더 강력해지는 것을 우려해야

한다…… 이 말을 하고 싶은 모양이군."

"그렇습니다. 황하수련의 잠재력을 흡수한 검가가 얼마나 강해질지는 아무도 모를 일이니까요. 하지만 그것보다 더 중요한 것은 검신의 태도 변화입니다. 누구보다 야망이 큰 그가 황하수련 합병에 성공한다면 우리와의 동맹을 유지할 리가 없습니다."

"설사 유지를 한다 해도 점점 더 많은 것을 요구하며 까다롭게 굴겠지. 우리가 스스로 동맹을 파기하기를 바라면서 말이야."

"역시 생각하고 계셨군요. 하면 그에 대한 대비책도 세워 놓으셨습니까?"

"어느 정도는."

"예?"

"보다 완벽하게 하고 싶어서 너를 불렀다. 검가가 병력을 움직이면 우리도 꽤 바빠질 테지. 물론 나도 전장으로 떠나야 할 테고."

연후는 차를 한 모금 마셨다.

현진은 그런 연후를 조용히 바라봤다.

딸그락.

연후는 찻잔을 내려놓고 현진을 직시했다. 연후의 강렬한 눈빛에 현진은 올 것이 왔다는 심정으로 나지막이 한숨을 내쉬었다.

"한숨의 의미가 뭐지?"

"아시잖습니까."

"하면 기대해도 되겠나?"

"벌써 두 번을 사양했습니다. 제갈공명을 닮고 싶은 마음은 추호도 없지만 이번만큼은 어쩔 수가 없을 것 같군요."

현진이 자리에서 일어나 뒤로 몇 걸음 물러섰다. 뒤이어 바닥에 엎드려 절을 하며 나지막이 외쳤다.

"보잘것없는 현진이 감히 주군의 뜻을 받들어 군사의 직을 충실히 수행할 것을 천지신명께 맹세하는 바입니다."

연후는 절을 하는 현진을 응시하며 웃었다. 뒤에 서 있던 철우의 입가에도 흐릿한 미소가 걸렸다.

절을 마친 현진은 다시 연후의 맞은편에 앉았다. 조금은 상기된 현진의 얼굴이 연후는 지금처럼 반가울 수가 없었다.

"철우."

"예, 주군."

"모처럼 다들 한자리에 모였으니 그냥 넘어갈 순 없지."

"연회를 준비하라 전할까요?"

"기왕이면 성대하게."

"알겠습니다."

철우가 물러가자 현진이 난감한 표정으로 말했다.

"그냥 조용히 시작하는 것이······."

"무슨 소리. 북부의 군사가 탄생했는데 조용히 넘어갈 순 없지. 하면 이제 군사가 되었으니 그에 걸맞은 대우를 받게 될 것이다. 다만 너 역시 미리 알아 둬야 할 것이 있다."

"말씀하시지요."

"비록 군사가 일인지하 만인지상의 고귀한 자리이기는 하나, 한 사람만은 그러한 법칙에서 예외로 두고자 한다."

연후의 머릿속에 떠올라 있는 사람은 혈왕 신휘였다.

"혈왕 신휘만큼은 나를 대하듯 해야 할 것이다."

"명심하겠습니다."

머리를 조아리는 현진.

연후는 다시 한번 웃었다.

거침없이 달려오며 많은 것을 이룩했지만 여전히 아쉬운 점이 있었다.

하지만 이제 그 아쉬움도 사라졌다.

'잠시 멈췄던 대업을 향한 걸음을 다시 시작할 때가 된 것 같군.'

서북무림을 병합한 이후로 한동안 재정비에 주력해 왔다. 더 많은 것들을 취할 수도 있었지만 백야벌과 다른 가문들의 견제를 피하기 위해 황하수련과의 전쟁에도 최소한의 개입을 통해 예봉을 감춰야 했었다.

"군사."

"예, 주군."

"이번 황하수련과의 전쟁이 너의 능력을 보여 줄 첫 시험대가 될 것이다. 물론 잘해 내리라 믿는다."

"주군의 기대에 어긋나지 않도록 최선을 다해 임하겠습니다."

그때였다.

"주군, 무영입니다."

백무영의 목소리였다.

"들어와."

백무영이 문을 열고 들어섰다. 한데 그 혼자가 아니었다. 악소와 백운, 그리고 서백과 송영, 서위량과 육손이 그 뒤를 따라 차례로 들어섰다.

마지막으로 들어선 철우가 문을 닫았다.

쿵!

연후의 얼굴에 미소가 번졌다.

'좋은 날이군.'

* * *

사흘 후.

연후는 황태를 찾았다.

놀라울 정도로 빠른 회복세를 보여 주고 있는 황태는 더 이상 은밀한 공간이 아닌 자그마한 전각에서 머물고 있었다.

 연후는 마당에 앉아 멍하니 하늘을 올려다보고 있던 황태를 발견하고는 잠시 걸음을 멈췄다.

 "잘 지켜보고 있겠지?"

 연후의 물음에 황태를 돌보고 있던 무사가 조심스럽게 답을 했다.

 "어제까지 매우 혼란스러워하더니 오늘 아침부터는 다소 안정을 찾아 가는 모습입니다. 미음도 처음으로 한 그릇을 다 비웠습니다."

 연후는 황태를 응시했다.

 인간의 기본적 행위를 제외하면 황태는 지금 완벽한 백지 상태라 할 수 있었다. 안타까운 마음도 없지 않아 있었지만 연후는 이것을 또 다른 기회라 여겼다.

 '혈가의 정보를 얻지 못한다면 다른 방법으로 나와 북부에 도움이 되게 하면 된다.'

 그때 철우가 조심스럽게 물었다.

 "확신이 들 때까지는 공력의 운용을 제어해 두는 게 좋지 않겠습니까? 이제 곧 주군가를 비워야 할 때가 많아질 텐데, 만에 하나 저자가 폭주를 하기라도 한다면 일이 커질 수도 있습니다."

"이미 금제를 가해 두었으니 그건 걱정할 거 없다."

연후는 성큼 황태를 향해 다가갔다.

하늘을 올려다보고 앉았던 황태가 인기척에 고개를 돌려 연후를 응시했다.

기억을 잃었지만 이지를 상실한 것은 아니었던 까닭에 눈빛은 정상인의 그것과 조금도 다르지 않았다. 다만 부상의 여파로 살이 제법 빠진 상태라 다소 초췌하게 보일 뿐이었다.

황태는 연후를 빤히 쳐다볼 뿐 아무 말도 하지 않았다. 사실 그가 잃은 것은 기억뿐만이 아니었다. 원인 모를 이유로 인해 목소리마저 잃었다.

"오늘은 기분이 좋아 보이는군."

연후의 그 말에 황태는 손을 들어 하늘을 가리키며 웃었다. 아마도 맑은 하늘을 보고 있으니 기분이 좋다는 의미이리라.

황태의 미소를 보며 연후는 마음이 편치 않았다.

'차라리 죽여 주는 것이 인간으로서의 도리가 아닐까.'

견고했던 내면이 살짝 흔들렸다.

하지만 곧 각오를 다졌다.

'흔들리지 마라, 연후. 너는 협객이 아니다. 대업을 위해서라면 이보다 더한 짓도 해낼 수 있어야 한다.'

연후는 황태의 어깨에 손을 얹으며 말했다.

"잠시 어디를 다녀와야 한다. 돌아올 때까지 내가 준 책을 다 읽어야 한다. 알겠느냐?"

끄덕끄덕.

연후는 무사를 돌아봤다.

"지켜보는 것을 한시도 게을리하지 않아야 한다."

"예, 주군."

연후는 장로원으로 향했다.

사마송이 정문에서 기다리고 있다가 그가 보이자 한걸음에 다가왔다.

"어서 오십시오, 주군."

"차 한잔하십시다."

"예. 그리하시지요."

잠시 후, 연후는 찻잔을 가운데 두고 사마송과 마주 앉았다.

"이번에 떠나면 꽤 오랫동안 돌아오지 못하게 될 거요. 내가 없는 동안에 북부군단의 윤 총사와 수시로 소통하며 만약의 사태에 철저히 대비해야 할 것이오."

"예. 그리하겠습니다."

연후는 새삼 사마송이 고마웠다.

항상 그러했듯 그가 있어 마음 놓고 철혈가를 비울 수가 있었다. 특히 이번 출전에는 육손과 송영을 제외한 전원이 함께 나서기 때문에 사마송의 역할이 더 클 수밖에 없었다.

사마송이 조심스럽게 입을 열었다.

"부디 조심하셔야 합니다. 적은 무조건 주군부터 노리고 들 것입니다. 저라도 그러할 테니까요."

"알겠소."

연후는 차를 비울 때까지 이런저런 대화를 나누고는 장로원을 나섰다.

그리고 향한 곳은 소향과 주작전이 머무르고 있는 별채였다. 동방리가 그곳에 있었기 때문이다.

별채로 들어서니 차소령이 그를 맞았다.

"어서 오십시오, 주군."

말투와 행동이 확연히 바뀐 차소령이었다.

"진맥 중이오?"

"예. 곧 나오실 시간입니다."

차소령의 말이 떨어지기가 무섭게 동방리가 소향의 방문을 열고 나왔다. 침술을 펼쳤는지 미간에 땀이 송골송골 맺혀 있었다.

"좀 어떠하시오?"

"나날이 좋아지고 계세요. 회복하려는 본인의 의지가 강해서 약도 더 잘 듣는 것 같아요."

"다행이오."

동방리가 미간의 땀을 훔치며 연후의 맞은편에 앉았다.

"곧 떠나시겠군요."

연후는 묵묵히 고개를 끄덕였다.

"세가 걱정은 마시고 조심히 잘 다녀오세요."

동방리의 표정이 평소와 달랐다. 평소라면 함께 가지 못한다는 것 때문에 매우 우울해할 그녀인데 지금은 오히려 웃고 있었다.

그럴 수밖에 없었다.

동방리는 황태와 소향 때문에 철혈가를 비울 수가 없었다. 그에 그녀는 자신이 먼저 연후에게 함께 가지 못할 것 같다는 뜻을 전했다.

이는 연후를 위해서이기도 했다. 그래야만 그가 조금이나마 마음 편히 떠날 수 있을 테니까.

연후도 동방리가 왜 이렇게 웃는지 그 이유를 알고 있었다. 그래서 그녀가 고마웠다.

그때였다.

차소령이 나섰다.

"주군께 드릴 말씀이 있습니다."

연후가 쳐다보자 차소령은 바로 말을 이었다.

"이번 출전에 저도 함께할 수 있도록 허락해 주십시오."

"전주는 소저의 곁을 지켜야 않소."

"아가씨께서는 세상 어느 곳보다 안전한 이곳에 계십

니다. 또한 동방가주께서 항상 곁을 지켜 주고 계시니 이제라도 주군의 은혜에 보답하고자 합니다. 물론 아가씨께서도 허락하셨습니다."

"……."

뜻밖이었다. 하늘이 무너져도 소향의 곁을 떠나지 않을 것 같던 차소령이 이렇게 나올 줄은 누구라도 상상하지 못했을 것이다.

동방리가 나섰다.

"허락해 주세요, 주군."

연후는 동방리를 응시했다.

"알고 있었소?"

"예. 오늘 아침에요. 아! 전주님만 가실 거니까 다른 걱정은 하지 않으셔도 될 거예요."

연후는 다시 차소령을 돌아봤다.

"전투를 치르다 보면 당신이 누군지 알아보는 자가 나올 수도 있소. 그래도 괜찮겠소?"

"그 점은 염려하지 않으셔도 됩니다. 제겐 작전 시에 사용하는 인피면구가 몇 장 있고, 무공 역시 저라는 것을 전혀 눈치채지 못하게끔 할 자신도 있습니다."

차소령의 목소리와 눈빛은 단호했다. 아니, 결연하다고 하는 것이 더 정확하리라.

'이번 기회에 이 여자의 진정한 실력을 확인해 보는 것

도 나쁘진 않겠지.'

"좋소. 그럼 준비를 마치는 대로 정문에 집결토록 하시오."

"감사합니다, 주군."

잠시 후 연후는 정문으로 향했고, 이미 정문에는 수많은 사람이 모여 있었다.

"와아아!"

연후가 나서자 열화와 같은 함성이 터졌다.

서백이 전마를 끌고 왔다.

"잠시 마차를 타고 가마."

"알겠습니다."

연후는 우레와 같은 함성을 뒤로하고 마차의 문을 열고 들어갔다. 마차에는 우문적이 타고 있었다.

연후는 우문적의 맞은편에 앉으며 장포를 벗었다.

"지금이라도 늦지 않았소. 다른 곳도 아닌 전장에서 상처가 덧나면 목숨을 잃을 수도 있소."

"상처야 이동하면서 회복해도 충분하니 내 걱정은 마시오."

우문적은 출전이 결정된 직후부터 자신도 가겠다며 성화를 부렸다. 이곳에 남아 발을 동동 구르는 것보다 직접 자신의 두 눈으로 가회가 무너지는 꼴을 봐야 직성이 풀리겠다는 이유에서였다.

우문적이 다른 말을 꺼냈다.

"혹시라도 전장에서 가회, 그놈과 맞닥뜨리면 조심해야 할 거요. 나를 비롯한 황하수련의 누구도 놈의 진정한 실력이 어느 정도인지 모르고 있소. 또한 놈의 주변에 나도 모르는 비밀 호위들이 있는 것 같았소."

"참고하겠소."

둥둥둥!

북소리와 함께 마차가 움직이기 시작했다.

와아아!

마차의 두꺼운 벽도 우레와 같은 함성을 막지 못했다.

우문적이 묘한 표정을 짓더니 불쑥 물었다.

"어디까지 갈 생각이오?"

"그게 무슨 말이오?"

"서북무림을 병합하고 이제는 황하수련을 무너뜨리려 하고 있지 않소. 왠지 여기서 끝날 것 같지 않을 것 같다는 생각이 자꾸만 들어서 말이오."

"지켜보면 알게 될 거요."

"그때까지 나를 살려 줄 생각이오?"

묘한 질문이었다.

피식.

"당신 하는 거 봐서."

이번에는 우문적이 피식 웃었다.

"솔직해서 좋군."

"갈 길이 머니 틈나는 대로 운기조식을 하여 회복에 전념토록 하시오. 하루라도 빨리 낫고 싶다면 동방가주가 챙겨 준 약을 때에 맞춰 복용하는 것이 좋을 거요."

"알겠소."

연후는 마차를 나와 전마에 올랐다. 전마에 올라 뒤를 돌아보니 이미 철혈가는 보이지 않았다.

연후는 전마를 몰아 선두로 나섰다.

그리고 신휘와 혈왕군이 기다리고 있는 곳으로 말머리를 돌렸다.

두두두!

그런 연후를 지켜보는 눈동자가 있었다.

서령이었다.

그녀는 질풍처럼 달려가는 연후의 뒷모습을 응시하며 눈빛을 가라앉혔다.

여전히 두 눈과 얼굴은 연후를 향한 증오와 적개심으로 가득했다.

"당신은 철혈가로 돌아오지 못할 거야. 내가 그렇게 만들어 주겠어. 나 혼자로 불가능하다면 악마에게 영혼을 팔아서라도 그렇게 해 주고야 말겠어."

원한 가득한 중얼거림이 바람을 타고 퍼져 나갈 때, 서령은 연후의 뒤를 쫓아 몸을 날렸다.

* * *

 황하수련의 총단.

 우문적을 몰아낸 가회는 일사천리로 일을 진행시킨 끝에 황하수련의 권좌에 올랐다.

 그 과정에서 걸림돌은 없었다.

 주요 수뇌들 대부분이 오래전부터 가회를 황하수련의 주인으로 생각하고 따랐기 때문이다. 다만 우문적이 그 사실을 몰랐을 뿐.

 반발하고 나선 세력도 없었다. 오히려 무능한 우문적보다 가회가 황하수련을 더 강성하게 만들어 줄 거라는 기대감에 공식적으로 그를 지지하고 나서는 이들이 대부분이었다.

 이제 가회에게 남은 것은 백야벌의 공식적인 승인뿐이었다. 해서 그는 대규모 사신단을 꾸려 직접 백야벌을 찾을 생각이었다.

 하지만 만사가 그의 뜻대로 되지만은 않을 모양이었다.

* * *

 "련주! 속하입니다!"

"들어오너라."

덜컹!

가회의 심복이 대전의 문을 열고 들어섰다. 그런데 그 표정이 심각하다 못해 돌덩이처럼 딱딱하게 굳어 있었다.

"무슨 일인데 표정이 그 모양인 게냐?"

"검가의 정예들이 적벽을 떠나 북상 중이라는 보고가 조금 전에 올라왔습니다."

"뭐라?"

"혹시 몰라 제대로 알아보라 답신을 보내 놓았지만, 왠지 느낌이 좋지 않습니다. 아직 본 련의 남서쪽 요충지들은 기존의 운영 방식을 바꾸지 못한 상황인데, 만에 하나 우문적을 통해 요충지의 정보가 흘러 나갔다면 문제는 심각해질 것입니다."

심복의 말에 가회는 차를 한 모금 마시고는 단호한 어조로 말했다.

"검신은 절대 우리를 공격하지 못한다."

"……예?"

"그자는 주군의 자리에 오른 이후부터 줄곧 소수 정예를 고집해 왔다. 적벽에서도 마찬가지였고. 설사 적벽에 있던 병력이 죄다 올라온다 해도 삼만이 채 되지 못할 터. 그 병력으로 할 수 있는 건 아무것도 없다."

"하지만 북부가 있지 않습니까? 속하는 검가가 단독으로 병력을 움직일 거라 보지 않습니다. 지금껏 수세적 입장만을 취해 왔던 검가가 선제적 움직임을 보였다면 북부와 사전에 협의를 거쳤을 가능성이 큽니다."

"흠……."

일리가 있는 말에 가회는 미간을 좁히며 손가락으로 관자놀이를 두드렸다.

심복이 말을 이었다.

"아무래도 백야벌로 가시는 것은 다음으로 미루셔야 할 것 같습니다. 말씀처럼 검가의 소수 정예는 두렵지 않지만, 북부는 다릅니다. 이미 본 련의 코앞에 와 있는 적랑단이 삼만입니다. 거기에 서북을 병합한 이후로 병력의 수를 대폭 늘린 혈왕군까지 합세한다면……."

"그만."

손을 들어 심복의 말을 끊은 가회는 자리에서 일어나 창쪽으로 향했다. 그리고 창문을 활짝 열어젖혔다.

황하수련의 대전은 그들이 다스리는 광활한 영토가 한눈에 내려다보이는 곳에 자리하고 있었다.

심복이 조심스럽게 그의 곁으로 다가왔다.

그는 말없이 가회의 옆모습을 지켜봤다.

잠시 후 가회가 입을 열었다.

"검가보다는 북부의 움직임을 파악하는 데 주력해야

한다. 지금 당장 총단에 있는 정보력을 북부의 동향 파악에 투입하거라."

"알겠습니다. 하면 백야벌로 가시는 것은……."

"미룰 것이라 전해라."

"존명!"

심복이 물러가자 가회는 총단의 사방을 거미줄처럼 에워싸며 유유히 흐르고 있는 강을 바라봤다.

그것은 자연이 선사한 최강, 최고의 방어망이었다. 또한 황하수련으로 하여금 팔대가문의 일좌를 차지할 수 있게 해 준 원동력이기도 했다.

'절대 얼지 않는 저 강처럼 나와 황하수련도 영원할 것이다. 누구든 저 강을 넘어서려 한다면 우리가 왜 팔대가문의 일좌를 차지할 수 있었는지 피눈물을 흘리며 깨닫게 해 줄 것이다.'

심복의 보고에 잠시 기분을 망쳤던 가회는 언제 그랬냐는 듯 본연의 냉철함을 되찾았다.

그러다가 심복의 말을 떠올리고는 다시 미간을 찡그렸다.

만에 하나 우문적을 통해 정보가 흘러 나갔다면…….

우문적을 놓치면서 혹시 모를 사태에 대비해 모든 운영

체계를 바꿔 가고 있는 중이었다. 특히 군사적 요충지들은 새롭게 태어나는 수준의 변화를 지시해 놓은 가회였다.

'검신은 절대 우문적의 망명을 허락하지 않을 것이다. 우문적도 그것을 알고 절대 검가로 가지는 못했을 터. 그렇다면……'

딱!

가회가 손가락을 튕기자 유령처럼 모습을 드러내는 자가 있었다. 가회는 그를 향해 바로 명령을 내렸다.

"철혈가로 가라. 어쩌면 그곳에 우문적이 있을 수도 있으니 확인이 되면 수단과 방법을 가리지 말고 놈을 죽여야 한다. 알겠느냐?"

"존명!"

* * *

퍽!

"컥!"

등을 뚫고 나온 검에서 피가 뚝뚝 떨어졌다.

북궁천은 생기가 빠져나가는 상대의 두 눈을 직시하며 중얼거렸다.

"검가와 적이 된 것을 원망해라."

북궁천은 검을 거두고 돌아섰다.

곳곳에서 전투가 벌어지고 있었지만, 전황은 아군의 압도적인 상황으로 흘러가고 있었다.

"검가의 개새끼들!"

또 한 명이 북궁천의 등 뒤에서 달려들었다.

살기를 머금은 검이 빠르게 북궁천의 등을 향해 날아들었지만, 검이 북궁천의 몸에 닿기 전에 오른팔이 먼저 뎅겅 잘려 날아갔다.

퍽!

"크악!"

북궁천은 팔을 움켜쥔 채 휘청거리는 상대를 돌아봤다. 그는 상대의 두 눈에 어려 있는 고통과 적개심을 읽으며 미간을 좁혔다.

'참으로 독한 종자들이로구나.'

죽음을 목전에 둔 상황에서 두려움이 아닌 적개심을 드러낸다는 것은 말처럼 쉬운 게 아니었다.

서걱!

북궁천의 검이 허공을 가르자 잘린 머리가 땅으로 떨어졌다.

"대공자!"

검가의 고수 하나가 북궁천의 곁으로 다가왔다. 그는 먼저 북궁천의 몸부터 살폈다.

"내 피가 아니니 걱정하지 마시오."

"왜 자꾸 혼자 움직이십니까? 언제 어디에서 암습이 있을지 모르니 속하들과 함께 움직이셔야 합니다."

"참고하겠소."

그때 또 한 명의 고수가 다가왔다. 온몸이 피로 젖어 있는 그 역시 굳은 표정으로 북궁천의 몸부터 살폈다.

북궁천은 쓴웃음을 지었다.

'아직은 검가의 누구에게도 믿음을 주지 못했구나.'

"괜찮으십니까, 대공자!"

"난 지극히 괜찮소."

무덤덤하게 대답한 북궁천은 다시 전장을 살폈다.

이미 전투는 끝이 난 것이나 다름없는 상황이었다. 다만 적 몇몇이 여전히 격렬하게 저항하고 있었는데, 그들마저도 온몸에 피를 흘리고 있어 오래가진 못할 듯했다.

"기습에 성공했음을 본진에 알리도록 하시오."

"예, 대공자."

잠시 후 하늘에 폭죽 한 발이 터졌다.

북궁천은 창공을 화려하게 수놓는 불꽃을 올려다보며 길게 숨을 내쉬었다.

"후욱."

한편 전투를 끝낸 검가의 고수들은 너 나 할 것 없이 북궁천을 응시했다. 그들에게 전장의 한복판에 서 있는 북궁천의 이러한 모습은 매우 생소한 것이었다.

북궁천도 모두가 그러한 눈으로 자신을 쳐다본다는 것을 알고 있었다.

　'생소하겠지. 하지만 머지않아 내게도 전사의 피가 흐르고 있음을 인정하게 될 것이다.'

　그 순간 북궁천의 호위장 맹호가 허공에서부터 떨어져 내렸다. 그런 그의 손에 한 장의 지도가 들려 있었다.

　"지시하신 것을 가져왔습니다."

　북궁천은 맹호가 건네는 지도를 잠시 살펴보고는 품속에 갈무리했다. 맹호가 그런 북궁천을 향해 눈에 잔뜩 힘을 주며 말했다.

　"이제 다시는 제게 이런 임무는 맡기지 마십시오. 제 임무는 오직 대공자의 안위를 지켜 드리는 것인데 왜 자꾸 엉뚱한 것을 시키십니까?"

　"이게 내 안위만큼이나 중요했다."

　"제겐 그냥 종이 쪼가리일 뿐입니다."

　"알았으니 그만 기분 풀어라."

　"약속하십니까?"

　"오냐. 약속한다."

　"크흠!"

　맹호의 얼굴이 비로소 풀렸다.

　그는 참혹한 전장을 슥 둘러보며 이를 드러내었다.

　"기습이 제대로 통했습니다. 병력도 많고, 지형도 험해서 승리를 장담할 수가 없는 곳이었는데 대공자의 계책 덕분에 예상보다 훨씬 빨리 무너뜨렸습니다. 흐흐흐."

"목숨을 잃은 본 가의 무사들도 적지 않다. 하니 웃지 마라, 맹호."

"……예."

이곳은 황하수련의 방어선 중 한 곳으로, 세법 강력한 전력을 갖추고 있는 곳이었다.

그러나 북궁천의 계책 덕분에 예상보다 손쉽게 무너뜨리며 첫 번째 제물로 삼을 수 있었다.

'앞으로는 점점 더 힘들어지겠지.'

압도적인 승전을 거두었지만 북궁천은 결코 마음을 놓지 않았다.

이제 첫 번째 거점을 무너뜨렸을 뿐, 전쟁은 지금부터 시작이라고 할 수 있었다.

북궁천이 그렇게 생각에 잠겨 있던 그때였다.

"우와아!"

누군가의 입에서 함성이 터졌다.

그러자 북궁천을 응시하고 섰던 모든 이들이 검을 치켜들며 함성을 터트렸다.

으아아!

맹호가 감격에 겨워 눈시울을 붉혔다.

"보십시오. 모두가 대공자를 위해 검을 치켜들었습니다."

북궁천은 눈빛을 떨었다.

환호성이 커질수록 가슴 깊은 곳에서부터 묘한 울림이 올라왔다. 더불어 각오도 깊어졌다.

그런 그의 머릿속에 아버지 북궁소의 냉정한 얼굴이 떠올랐다.

'이런 걸 바라셨습니까? 그렇다면 이제부터 제대로 보여 드리겠습니다.'

잠시 후 함성이 멎고, 검가의 고수 두 명이 포로 한 명을 끌고 왔다. 등에 깃발을 꽂고 있는 것을 보니 전령인 듯했다.

북궁천은 담담하게 물었다.

"전령인가?"

"……그렇소."

"뭘 전하려 했는지 들어야겠다."

"당신들…… 북상 중에 있으니 경계를 강화하라는 상부의 지시를 전하러 왔소."

"그게 전부인가?"

"그렇소."

북궁천은 내심 안도했다. 공격이 조금만 늦었더라면 승전을 차치하더라도 엄청난 피해를 보았을 것이다.

"혹시 북부 쪽 움직임은 파악하고 있나?"

"그건 나도 모르오. 다만…… 검가보다는 북부무림의

움직임에 더 신경을 쓰라는 상부의 지시가 있었다는 것만 들어서 알고 있소."

전령의 그 말에 맹호를 비롯한 주변의 고수들이 일제히 노기를 드러냈다. 무시를 당한 기분이 든 것이다.

하지만 북궁천은 담담했다. 그가 맹호를 향해 명령을 내렸다.

"이자의 목을 베어 말꼬리에 묶어 돌려보내라, 맹호."

"……예? 아, 예!"

맹호가 전령의 머리를 베어 말에 묶어서 돌려보내자 한 검가의 고수가 진중한 어조로 말하고 나섰다.

"곧장 진군하시겠습니까? 아니면 본진이 올 때까지 기다리시겠습니까."

"본진이 이곳까지 올라오려면 반나절은 더 있어야 하니 아까운 시간을 낭비하진 맙시다."

"하면……."

"강이 있는 곳까지 올라갑시다. 그곳에서 도강을 준비하며 본진을 기다리는 게 보다 효율적인 것 같소."

"지당하신 말씀입니다만 자칫 적의 공격이 있을까 염려됩니다. 대공자께서 움직인 것을 안다면 절대 가만히 있을 놈들이 아닙니다."

그 말에 북궁천의 입가에 지금껏 볼 수 없었던 묘한 미소가 떠올랐다.

"우리 검가의 전사들이 언제 그런 걸 걱정했소? 그냥 갑시다.
"……."

* * *

검신 북궁소의 표정이 묘했다.
방금 그는 수하를 통해 북궁천이 황하수련의 방어선 한 곳을 무너뜨리고 북상 중이라는 보고를 받았다.
군사 백도량이 웃으며 말했다.
"따로 기별이 없는 것으로 보아 압승을 거두었음이 틀림없습니다. 축하드립니다, 주군."
"그깟 방어선 한 곳을 무너뜨린 것이 뭐가 그리 대단한 일이라고……."
북궁소는 조금도 기뻐하지 않는 모습이었다.
하지만 백도량은 알 수 있었다. 지금 북궁소가 매우 흡족해하고 있다는 것을.
"다른 두 곳은 어찌 되었느냐?"
"아직 보고가 없는 것으로 봐서 아직 전투가 끝나지 않은 것 같습니다. 하나 걱정하지 마십시오. 정예들이 갔으니 반드시 방어선을 뚫어 낼 것입니다."
백도량의 말이 채 끝나기도 전이었다.

"주군!"

무사 두 명이 약간의 시간을 두고 차례로 뛰어왔다.

"곽 전주가 이끄는 부대가 적의 방어선을 무너뜨렸다고 합니다!"

여기까지는 낭보였다.

하지만 그다음이 문제였다.

"홍 전주가 이끄는 부대가 고전을 면치 못하는 중이라고 합니다! 지체하면 고립무원의 처지에 빠질 수도 있으니 속히 지원 병력을 보내 달라는 요청을 해 왔습니다!"

꿈틀.

북궁소의 검미가 휘어졌다.

"두 배에 달하는 병력을 끌고 갔으면서……."

가장 많은 병력을 투입한 곳이 고전을 면치 못한다는 말에 백도량도 당혹감을 드러냈다.

"강 북쪽에 주둔하고 있는 적의 병력이 내려오기 전에 속히 지원 병력을 보내어 아군을 도와야 합니다, 주군."

"군사가 알아서 보내도록 하거라."

"알겠습니다."

백도량은 재빨리 병력이 모여 있는 곳으로 향했다. 그리고 잠시 후, 일천가량의 병력이 본진을 나와 빠르게 북쪽으로 이동했다.

백도량은 떠나는 지원 병력을 바라보며 슬며시 미간을

좁혔다.

'북부는 왜 아직 아무런 기별조차 없는 것일까.'

아직 북부무림에서 어떤 기별도 없었다. 정보력을 동원해 그들의 움직임을 살펴보고는 있지만 아직 아무런 소식조차 전해져 오지 않았다.

백도량은 연후를 떠올리며 눈빛을 가라앉혔다.

'설마 우리에게 정보만 건네고 방관하겠다는 건가? 아니다. 그분은 절대 그런 꼼수를 부릴 분이 아니다.'

연후를 믿었지만 그래도 불안감이 치미는 건 어쩔 수 없었다.

* * *

산의 정상에서 내려다본 강줄기는 한 마리 용을 보는 듯했다. 그 위에 석양이 붉게 내려앉자 마치 금방이라도 승천할 것 같은 혈룡의 모습을 닮아 갔다.

"드십시오."

연후는 철우가 건넨 차를 한 모금 마셨다.

쉬지 않고 이동을 한 덕분에 예상보다 빨리 목적지에 도착할 수 있었던 연후와 모두는 휴식을 취하며 정찰에 나선 사람들이 돌아오기를 기다리는 중이었다.

연후의 곁에 있던 현진은 종이에 뭔가를 그려 가며 골

몰하고 있었다.

"대충 시간은 나왔나?"

"예. 검가가 황하수련의 남쪽 방어선 세 곳을 돌파하는 데 하루를 허비한다면, 내일 아침쯤 이곳에 도착할 듯합니다. 하지만 이틀을 넘긴다면……."

"이곳까지 올라와 보지도 못하고 물러날 수도 있겠군. 이틀을 허비했다는 것은 황하수련으로 하여금 충분히 방어할 시간을 줬다고 봐야 할 테니까."

"그렇습니다."

연후는 묵묵히 고개를 끄덕이며 강 남쪽을 응시했다.

우문적으로부터 얻은 정보에 의하면 강 남쪽에 세 개의 방어선이 있는데, 그곳을 돌파하지 못하면 이곳까지 올라올 수 없다고 했다.

연후는 남쪽을 응시하며 중얼거리듯 말했다.

"그 정도도 돌파하지 못한다면 동맹으로서 자격 상실이라고 봐야겠지."

"냉정하게 실리를 따져 보자면 그렇습니다."

그때였다. 저만치 앞에서 정찰에 나섰던 서백과 서위량이 달려오는 것이 보였다.

연후는 남은 차를 마저 비우고는 빈 잔을 철우에게 건네며 둘이 다가오기를 기다렸다.

잠시 후 서백이 먼저 다가와 말했다.

"방어선 두 곳이 뚫렸습니다."

"제가 간 곳은 여전히 접전 중이었습니다. 제가 보기에는 어느 쪽이 먼저 지원을 받느냐에 따라 승패가 갈릴 것 같았습니다."

서위량의 그 말에 연후는 현진을 돌아봤다.

"무시해야 하겠지?"

"예. 동맹을 유지하려면 이쯤에서 검가의 역량을 시험해 보는 것이 나쁘지 않을 듯합니다."

연후는 묵묵히 고개를 끄덕이고는 일어섰다.

"주변을 한번 살펴봐야겠어. 군사도 같이 가지."

"알겠습니다."

연후는 현진과 함께 산에서 내려와 강에 이르렀다.

강은 산 위에서 보는 것보다 훨씬 더 넓고 깊었다. 절정고수라도 한 번의 도약으로는 절대 넘을 수 없는 폭에다 물살까지 매우 거칠어 천연의 방어막 역할을 하고 있었다.

또한 강 건너 곳곳에 황하수련의 수군이 포진하고 있어서 강 자체가 사선이나 다름없었다.

"도강에 성공한다고 해도 저 산에 주둔하고 있는 황하수련의 정예 삼만을 뚫기가 쉽지 않겠군."

"그렇습니다. 지금껏 황하수련이 팔대가문의 일좌를 지킬 수 있었던 것도 저 산에 주둔하고 있는 정예가 한 번도 뚫리지 않은 덕분입니다."
"자신 있나?"
"솔직한 답을 원하십니까?"
"그럼 거짓을 원할까."
"여름이라면 확률을 육 할로 잡겠습니다. 하지만 겨울의 한복판에 들어선 지금이라면……."
현진이 말끝을 흐렸다.
연후는 그가 얼마를 말할지 궁금했다.
"숲의 밀도가 떨어져 기습이 불가하니 오 할 아래로 잡아야 할 것 같습니다. 다만 주군께서 변수를 만들어 주신다면 구 할 이상이 될 것입니다."
"나더러 가회의 목을 베라는 말을 하고 싶은 건가?"
"그렇습니다. 하지만 아마 제가 반대할 것 같습니다. 이유가 궁금하지 않으십니까?"
"돌리지 말고 얼른 이유나 말해."
현진이 묘한 미소를 머금으며 말을 이었다.
"주군께서 어떠한 길을 걸어가실지 매우 궁금해졌습니다. 그 길을 지켜보자면 여정을 마칠 때까지 주군께서 무사하셔야지 않겠습니까."
피식.
연후는 흐릿한 미소를 머금으며 강 상류로 시선을 돌렸다.

"해적들은 언제쯤 도착하지?"

"늦어도 반나절 후면 도착할 것입니다."

연후는 철혈가를 나설 때, 이미 남곤에게도 출전을 지시해 놓은 상태였다.

'신나게 내려오고 있겠군.'

연후는 이제 없어선 안 될 중요 인물이 되어 버린 남곤의 얼굴을 떠올리며 남쪽을 향했다.

하지만 얼마 이동하지 못하고 멈춰야 했다. 전장에서 빠르게 접근하는 무리가 있는 탓이었다.

철우가 먼저 뛰어나가 그들을 살피고 돌아왔다.

"검가의 대공자가 이끄는 병력입니다."

"틀림없는 검가의 대공자였느냐?"

"예. 틀림없습니다."

연후는 내심 놀랐다.

북궁천이 이곳에 왔다는 것은 그가 직접 방어선 돌파에 뛰어들었다는 것을 의미한다. 과거의 북궁천을 생각하면 상상조차 못할 일이었다.

'가장 빨리 돌파를 성공한 모양이군. 그렇다면 선봉에 나섰다는 것인데……'

위험한 작전에 직접 나선 것만도 놀라운 일인데, 선봉에 나섰다니 더욱더 믿어지지 않았다.

"이만 돌아간다."

철우가 의아해서 물었다.
"그냥…… 말입니까?"
"아직은 저들에게 우리가 왔음을 알려선 안 된다. 황하 수련 쪽에는 더더욱 그렇고."
연후는 먼저 산을 향해 걸었다.
현진은 그런 연후의 뒷모습을 응시하며 묵묵히 고개를 끄덕였다.
'내가 괜히 군사의 직을 맡은 것 같다는 생각이 들게 할 정도로 상황을 정확하게 꿰뚫어 보고 계시다. 어쩌면 변하신 게 아니라 원래 이런 분이셨을지도…….'

7장
서문회의 야망

서문회의 야망

백야벌.

장로원주 서문회의 거처에 한 중년인이 찾아왔다. 황소라는 자로, 최근 들어 서문회의 신임이 두터워진 인물이었다.

서문회가 물었다.

"알아보라고 한 건 어떻게 되었느냐?"

"검가가 적벽을 떠나 북상하고 있음이 사실로 확인되었습니다."

"내가 검신이라도 그러하겠지. 적의 내분만큼 좋은 호재는 없으니까. 하물며 반란이 일어나 주군이 바뀌었다면 그 유혹을 떨쳐 내기란 더더욱 쉽지 않을 것이다."

후르륵.

딸그락!

차를 한 모금 마신 서문회는 다른 것을 물었다.

"북부 쪽 움직임은?"

"며칠 전 철혈가주가 측근들과 함께 혈왕군의 군영으로 떠난 것은 확인이 되었는데, 이후 아무런 움직임도 보이지 않는 것으로 보아 검가와 황하수련의 싸움에 개입을 하지 않으려는 것이 아닐까 싶습니다. 만약 북부가 어떤 식으로든 움직임을 보이면 곧장 연락이 올 것이니 염려치 않으셔도 될 것입니다."

"아직 아무런 움직임이 없다라……. 그거 이상하군. 철혈가주라면 분명 적극적으로 나설 것이라 봤는데 말이야."

"그를 아는 모두가 의아해하고 있습니다."

"흠……."

서문회의 미간이 좁혀졌다.

황하수련에 반란이 일어나 주군이 바뀌자 검가가 적벽을 떠나 황하수련의 총단을 향해 진격했다는 보고를 받았을 때, 서문회는 가장 먼저 연후를 떠올렸었다.

'먹이를 본 사냥개처럼 달려들 줄 알았거늘…….'

지금껏 연후가 보인 행보를 고려하면 검가보다 먼저 병력을 움직일 것이라 확신까지 했었다.

'벌과 다른 가문의 견제를 피할 목적으로 몸을 사리려는 것일까? 만약 그런 의도라면 계획에 차질이 생기는데…….'

서문회는 지난날 벌에서 자신과 황금상단주 왕적을 상

대로 한 치의 물러섬도 보이지 않던 연후를 떠올리며 눈빛을 가라앉혔다.

'네 역할은 천하의 혼란이다. 나의 꿈을 위해서라도 지금까지 해 왔던 것처럼 마구 설쳐 줘야 한다, 이연후.'

딸그락.

서문회는 남은 차를 마저 비우고는 다른 것을 물었다. 현시점에서 그가 가장 중요하게 여기는 사안이었다.

"주작전은 어떻게 되었느냐?"

"송구하오나 아직······."

"월가 쪽에서도 아직 아무런 말이 없단 말이냐?"

"예. 월가는 물론이고 공손황에게서도 아직 전서조차 올라오지 않고 있습니다."

"설마 무슨 일이 벌어진 건 아니겠지?"

"일단 보고가 올라올 때까지 기다려 봐야 할 것 같습니다."

"기다리지 말고 사람을 더 보내도록 해. 그 계집이 살아 있는 한, 우린 항상 등 뒤에 칼을 두고 살아가는 처지나 다름없다."

"명심하고 있습니다."

"그리고 하나 더. 무슨 수를 써서라도 북부무림이 이 전쟁에 적극적으로 뛰어들도록 만들어야 한다. 놈들이 계속 소극적 자세를 견지한다면 음모를 꾸며서라도 전쟁에 뛰어들게끔 만들도록!"

서문회의 야망 〈261〉

"알겠습니다."

"수고했으니 그만 가 보거라."

"예. 하면 쉬십시오."

황소가 물러가자 서문회는 창가로 걸어가 창문을 열어젖혔다. 어둠에 잠긴 백야벌의 전경은 언제나 그러하듯 화려함의 정점을 달리고 있었다.

'머지않아 이곳은 나 서문회의 왕국으로 탈바꿈될 것이다. 이후 강호의 역사에서 누구도 이룩하지 못한 천하일통의 대업을 시작할 것이며, 그 첫 번째 시작점은…… 동토의 왕국 북해로의 진격이 될 것이다. 그러자면 대법을 무사히 끝마쳐야 한다. 대법만 완성하면 나의 적수는 오직 신만이 남게 될 것이다. 후후후.'

가슴속 깊숙한 곳에 묻어 놓았던 야망을 꺼내자 서문회의 얼굴에 홍조가 돌았다.

생각만 해도 가슴이 떨리며 심장이 요동쳤다.

"후욱."

서문회는 크게 심호흡을 해서 가슴을 진정시켰다. 그러고는 거처를 나와 전각 뒤쪽으로 향했다.

잠시 후, 그가 들어선 곳은 오직 그만이 드나들 수 있는 금역(禁域)이었다.

세 개의 문을 열고 네 번째 철문을 넘어가자 혈광이 짙게 깔린 석실이 나왔다. 혈광은 석실의 한가운데에 있는 자그마한 못에서 흘러나오고 있었다.
 풍덩.
 서문회는 옷을 입은 채로 못으로 들어가 가부좌를 틀었다. 그리고 심법을 운용하자 혈광이 몰려들어 그의 전신을 휘감았다.
 그렇게 두 식경쯤 흘렀을까?
 서문회가 감았던 눈을 뜨자 한순간 두 눈에서 혈광이 강기처럼 뻗쳤다.
 하지만 그것도 잠시, 이내 본연의 빛으로 돌아갔다.
 씨익.
 서문회의 입가에 한없이 흡족한 미소가 떠올랐다.
 '이제 두 단계만 넘어서면 강호의 역사에서 그 누구도 밟지 못한 무극의 경지에 오르게 된다.'
 서문회는 금역을 나섰다.
 몇 걸음 걷고 나니 흠뻑 젖었던 그의 머리카락과 장포는 뽀송뽀송할 정도로 말라 있었다.
 서문회는 거처로 돌아가지 않고 곧장 밖으로 나섰다. 그리고 산책하듯 천천히 걸으며 지존궁을 바라봤다. 다른 곳과는 달리 소무백의 거처는 불이 꺼져 있었다.
 서문회의 두 눈에 기광이 어렸다.
 '머지않아 너도 용도 폐기가 될 것이다. 네 아비처럼 은밀하게 말이지. 후후후.'

저벅저벅.

서문회는 가끔 이런 식으로 백야벌 곳곳을 다니며 오가는 사람들에게 인사받는 것을 즐겼다.

"원주를 뵙습니다!"

"충!"

중진부터 하급무사 할 것 없이 서문회를 향해 머리를 조아렸다. 서문회는 근엄한 표정으로 일일이 화답하며 벌써 백야벌의 주인이 된 것 같은 기분을 만끽했다.

'좋은 밤이군. 후후후.'

그런 서문회를 지켜보는 눈동자가 있었다.

철군악이었다.

그는 자신의 거처에서 창을 통해 서문회를 지켜보며 싸늘히 눈빛을 가라앉혔다. 그의 곁에는 심복이 한 명 함께하고 있었다.

심복이 노기를 담은 목소리로 말했다.

"저 거들먹거리는 모습을 좀 보십시오. 마치 주인이 된 것처럼 굴고 있지 않습니까."

"어제오늘의 일도 아닌데 흥분하지 마라. 저런 식으로 대놓고 속물처럼 행동해 주면 우리야 나쁠 건 없지. 시간이 늦었으니 이만 돌아가서 쉬도록 해."

"예. 하면 아침에 뵙겠습니다."

심복이 물러가자 철군악은 탁자로 걸어가 다 식어 버린

찻잔을 들고 다시 창가에 섰다.

'저자의 눈빛이 나날이 변하고 있다. 눈빛이 깊어질 수록 지존궁을 대하는 태도가 더 무례해지고, 다른 기관의 수장들을 대할 때도 독선과 오만이 더해지고 있다. 그것이 자신감에서 비롯된 행동이라면 필시 뭔가를 감추고 있다는 것인데…….'

요즘 철군악은 장로원의 동태를 살피는 데 총력을 기울이고 있었다. 그러던 터에 서문회의 눈빛이 나날이 변하는 것을 느꼈고, 그 이유를 찾아내기 위해 은밀히 조사에 들어간 상태였다.

"사자, 접니다."

문밖에서 야랑의 수장 석호진의 목소리가 흘러들었다. 철군악은 직접 문을 열어 주자 석호진이 들어섰다.

철군악은 내심 불안했다. 석호진이 이 시간에 자신을 찾는 경우가 극히 드물었던 까닭이다.

"무슨 일이라도 생겼소?"

"주작전을 찾아 나섰던 월가의 고수들이 모조리 살해당한 채 발견되었다고 합니다. 벌에 상주하고 있던 자들 중 몇 명이 조금 전에 은밀히 벌을 빠져나갔는데, 아무래도 그 사건과 관련해 움직인 것 같습니다."

"사람을 붙여 놓았소?"

"예. 운이 따라 준다면 월가의 총단은 차치하더라도 거

서문회의 야망 〈265〉

점 한 곳 정도는 알아낼 수 있을 것 같습니다."

"그럴 수만 있다면 더없이 좋을 텐데……."

철군악은 미간을 좁히며 손으로 턱을 괴었다.

그에게 서문회의 동향만큼이나 중요한 것이 바로 월가였다. 그들이 서문회와 어떤 관계인지, 어떤 거래를 하고 있는지 알아내는 것이 무엇보다 중요했다.

철군악은 나날이 더해 가는 서문회의 자신감이 월가와 관련이 있을 거라 의심하고 있었다.

석호진이 물었다.

"그들에게선 아직 아무런 연락이 없습니까?"

"전혀."

악소와 백운을 말함이었다.

석호진이 미간을 찡그렸다.

"설마 잘못된 건 아니겠지요? 만에 하나 그들이 잘못되기라도 하는 날에는 일이 커질 수도 있습니다. 제가 본 철혈가주는 그냥 넘어갈 분이 아닙니다."

석호진의 그 말에 철군악은 나지막이 한숨을 토하며 쓴웃음마저 머금었다.

"차라리 그들이 잘못되었으면 좋겠소. 하면 그분이 직접 움직이실 게 아니겠소."

"……."

석호진은 답답함을 토로하는 철군악을 보며 안타까운

마음을 금치 못했다.

그때였다.

"사자, 긴급 전서입니다."

"……!"

철군악과 석호진은 서로를 쳐다봤다. 이 시각에 긴급전서는 매우 드문 경우였다.

"들어오너라."

청포가 유난히 잘 어울리는 무사가 안으로 들어섰다. 철군악은 무사가 건넨 전서를 즉각 펼쳤다.

주작전이 벌을 나선 직후 모처에서 한 여인과 만난 것을 확인했습니다. 여인의 정체는 아직…… 中略. 주작전의 마지막 행적은 벽력가이며, 이후 철혈가로 갔을 가능성도 배제할 순 없을 듯…… 後略.

파르르…….

철군악은 눈빛을 떨었다.

"무슨 내용입니까?"

"읽어 보시오."

철군악은 석호진에게 전서를 건네며 표정을 굳혔다. 전서의 내용을 확인한 석호진 역시 낯빛이 굳어졌다.

"도대체 여인의 정체가 뭔데 차 전주가 도망치듯 벌을

떠났으며, 장로원주는 체포령을 내려 주작전의 뒤를 쫓는 걸까요? 게다가 월가까지 동원해서 말입니다."

"흠……."

철군악은 말없이 생각에 잠겼다.

여인의 정체도 정체이지만 주작전이 과연 철혈가로 갔느냐가 더 중요한 문제였다.

"주작전이 과연 철혈가로 갔을까요?"

"아닐 것이오. 만약 주작전이 철혈가로 갔다면 먼저 내게 연락을 취했을 것이오."

"우리에게도 말할 수 없는 뭔가를 감추려는 것일 수도 있지 않겠습니까?"

"……."

철군악은 석호진의 말에 잠시 생각에 잠겼다.

정말 연후가 뭔가를 알아냈고, 그 사실을 자신에게조차 감추기 위해 연락을 취하지 않았을 수도 있을까?

'아니다. 그분은 절대 그럴 분이 아니다.'

연후를 향한 철군악의 믿음은 절대적이었다. 하지만 그도 인간이었기에 내면에서부터 갈등이 일어나고 있었다.

'만약 내게 뭔가를 숨기고 있다면 그만큼 중차대한 문제라는 것인데…….'

철군악은 석호진을 돌아봤다.

"그분을 만나 뵈어야 할 것 같소."

"자리를 비우셔도 괜찮겠습니까?"

"당장 큰일은 일어나지 않을 것이오. 다만 장로원 쪽 움직임은 한시도 게을리해선 안 될 문제이니 내가 없는 동안에 전주께서 신경을 써 주셔야 할 것 같소."

"알겠습니다. 하면 언제 떠나시겠습니까?"

"빠를수록 좋지 않겠소."

"장로원주가 행적을 물어 오면……."

"검가와 황하수련의 사정을 살펴보기 위해 암행을 떠났다고 하시오. 원래 내 임무가 그런 것이니 별다른 의심은 하지 않을 것이오."

"알겠습니다. 하면 조심히 잘 다녀오십시오. 아! 그 분을 뵙게 되면 안부를 여쭤 주십시오."

"알겠소."

철군악은 장포와 검을 챙겨 거처를 나섰다.

그러고는 곧장 소무백의 거처를 찾았다. 호위장 허도가 먼저 그를 맞았다.

"어서 오십시오, 사자."

"대지존을 뵈어야겠네."

"조금 전에 막 잠자리에……."

철군악은 허도를 지나쳐 거처의 문을 두드렸다.

"대지존, 군악입니다."

"들어오세요."

허도는 문을 열고 들어가는 철군악의 뒷모습을 응시하며 쓴웃음을 지었다.

'여전히 나를 장로원주의 끄나풀로 보고 있는 건가?'

허도는 나지막이 한숨을 토하며 거처에서 조금 떨어진 곳으로 걸어가 앉았다.

'그런데 이 시간에 무슨 일이지? 차림을 보면 길을 떠날 사람처럼 보였는데⋯⋯.'

그렇게 일각쯤 지났을까?

철군악이 나오자 허도는 자리에서 일어났다.

"암행이라도 떠나십니까?"

"검가와 황하수련 사태가 전면전 양상으로 치닫고 있다니 아무래도 내가 직접 가서 살펴봐야 할 것 같네. 내가 없는 동안에도 대지존을 잘 모셔 주게."

"예. 하면 조심히 잘 다녀오십시오."

허도는 철군악이 지존궁을 나설 때까지 그의 뒷모습에서 눈을 떼지 않았다.

그런 그에게 다가오는 자가 있었다. 막괴라는 자로, 허도의 바로 아래 직급에 올라 있는 인물이었다.

"야심한 시각에 사자께서는 무슨 일로 오셨던 겁니까?"

"암행을 떠나신다는군."

"암행이요? 무슨 암행을⋯⋯."

허도는 그제야 철군악에게서 시선을 돌려 막괴를 돌아

봤다.

"검가와 황하수련 사태 때문에 가신다더군. 이제 궁금증이 풀렸으면 그만 자리로 돌아가 봐."

"아, 예……."

허도는 돌아가는 막괴를 응시했다. 그러다가 돌연 두 눈에 이채를 머금었다.

"이봐."

"예?"

막괴가 돌아섰다.

허도는 그런 막괴를 직시하며 물었다.

"그러는 너야말로 이런 야심한 시간에 여긴 어쩐 일이지?"

"……."

"오늘 쉬는 날 아니었나?"

허도는 제대로 답을 하지 못하는 막괴를 향해 다가갔다.

"너였군. 대지존의 일거수일투족을 장로원에 보고하는 놈이……."

허도가 검파에 손을 얹어 가자 막괴는 나지막한 한숨과 함께 입을 열었다.

"저 혼자만 그런 것 같습니까?"

"아니. 여럿이 더 있다는 건 나도 알고 있다. 하지만 다들 이 안으로 들어올 수 없는 신분이라 딱히 신경 쓰지 않고 있었다. 하지만 너는 다르지. 너는 나처럼 마음대로 지존궁을 드나들 수 있으며, 작정하면 대지존의 거처에도 들어갈 수 있는 놈이니까."

스르릉!

허도가 검을 뽑았다.

막괴는 싸늘히 웃었다.

"날 죽이기라도 하겠다는 겁니까?"

"못할 것 같나?"

"날 죽이면 당신은 무사할 수 있을 것 같습니까? 어디 장로원을 감당할 수 있으면 내 목을 베어 보시지요."

그때였다. 허도가 엉뚱한 곳을 쳐다보며 물었다.

"죽일까요?"

그러자 놀라운 장면이 이어졌다. 지존궁을 나선 줄로만 알았던 철군악이 모습을 드러낸 것이다.

철군악은 놀라서 뒷걸음을 치는 막괴를 싸늘히 노려보며 물었다.

"처음부터 장로원주 쪽이었느냐?"

"그, 그렇습니다……."

"그렇다면 죽어야겠군."

"사, 사자! 여기서 나를 죽이면 사자도, 대지존도 무사하지 못할 겁……."

퍽퍽!

뒷말은 이어지지 못했다.

철군악이 우수를 쥐었다 펴는 동작을 했을 뿐인데, 막괴의 미간에 두 개의 구멍이 뻥 하고 뚫려 버렸다.

철군악은 허도를 응시했다. 허도도 시선을 피하지 않았다.

"놀랍군. 완벽하게 기척을 감췄다고 여겼는데……."

"기척은 전혀 느끼지 못했습니다. 다만 제 후각이 좀 예민한 터라……."

사실 철군악은 지존궁을 나서려다가 허도와 막괴의 목소리를 듣고는 되돌아왔다. 그리고 둘을 끝까지 지켜보고 있었는데, 허도가 눈치를 채고 있을 줄은 꿈에도 몰랐다.

철군악이 말을 이었다.

"호위장을 지금껏 장로원 쪽 사람이라 의심하고 있었네."

"알고 있습니다."

"하면 왜 항변하지 않았나."

"때가 되면 알아주실 거라 믿었습니다."

"내가 완벽한 믿음을 가질 수 있게끔 대지존의 호위에 최선을 다해 주게. 그리고 이 친구의 처리는 석 전주에게 부탁하면 알아서 처리해 줄 것이네."

"평소에 불만이 많기로 소문이 자자했던 놈입니다. 처우에 불만을 품고 야반도주를 한 것으로 꾸미면 장로원도 의심하지 못할 것이니 염려 말고 다녀오십시오."

철군악은 비로소 지존궁을 떠났다.

허도는 철군악의 뒷모습을 바라보며 흐릿하게 웃었다.

그러고는 피를 흘리며 죽어 있는 막괴를 내려다보며 중얼거렸다.

"덕분에 사자와 대지존의 오해를 풀었으니 네 가족에게 해가 가는 것은 막아 주마. 대신 다음 생에서는 절대 장로원주 같은 인간하고 엮이지 마라."

* * *

까가강!
콰콰콱!
"크악!"
"으아악!"
"한 놈도 강을 건너지 못하게 해야 한다!"
"물러서지 마라! 조금만 더 전진하면 적의 방어선을 무너뜨릴 수 있다!"
우와아!

강을 가운데 두고 검가와 황하수련이 혈전을 벌이고 있었다. 황하수련은 도강을 막기 위해 사력을 다했지만, 전황은 서서히 검가 쪽으로 유리하게 흘러가고 있었다.

강폭이 좁거나 군데군데 암석이 솟아 있는 곳을 이용해 꽤 많은 검가의 고수들이 도강에 성공했고, 그들이 황하수련의 방어선 뒤쪽을 치고 들어가면서 우위를 점하기 시작한 것이다.

"역시 검가답군. 고수들을 먼저 도강시켜 방어선 뒤쪽을 친 것이 제대로 먹혔어."

혈왕 신휘가 감탄했다.

"더 지켜봐야 한다."

"저 정도면 돌파에 성공한 거 아닌가?"

"황하수련의 가장 강력한 전력은 수군이다. 마침 저기 올라오고 있군."

연후는 강 하류를 바라봤다. 신휘도 자연스럽게 같은 곳으로 시선을 돌렸다.

순간 신휘의 두 눈에 놀람의 빛이 내려앉았다.

"엄청난 숫자군."

강을 거스르며 올라오는 전함들이 있었다. 전함의 주변에는 호위선 수십 척과 소형 전함들이 포진하고 있었는데, 그들이 나타나자 패색이 짙어 가던 황하수련의 방어선 쪽에서 함성이 터졌다.

와아아!

"지원군이 왔다!"

"수군이 도착할 때까지 사력을 다해 버텨라!"

사기가 올라감은 당연지사.

반면 검가는 초조함에 휩싸여 갔다. 황하수련의 전함들이 도착하기 전에 도강에 성공하지 못하면, 먼저 건너간 고수들이 고립무원의 처지에 놓일 수밖에 없었다.
"서둘러라!"
"그대로 돌파한다!"
슈아아악!
퍼퍽!
"크악!"
"끄아악!"
전장을 지켜보던 신휘의 눈빛이 변한 것은 물 위를 육지처럼 달리며 황하수련을 향해 맹공을 퍼붓는 한 백포인을 보았을 때였다.
한 줄기 강기가 번뜩이면 어김없이 한 명이 쓰러졌고, 뒤를 노리고 달려들던 자들은 또 다른 백포인들에 의해 참혹한 죽음을 맞았다.
"드디어 검신이 나타났군."
검신 북궁소의 등장이었다.
연후는 한 마리 사자처럼 전장을 휘젓는 북궁소를 바라보며 눈빛을 가라앉혔다.
'검신의 검은 얼마나 강할까.'
팔대가문의 수장들 중에서 가장 강할 수 있다고 평가받는 북궁소였다.
과연 명불허전(名不虛傳)이었다.
북궁소의 검은 일단 빨랐다. 그리고 파괴적이었으며,

얼핏 보면 지극히 단순했지만 그 속에는 수많은 변화를 담고 있었다.

"검신이 나타났다!"

"피해라!"

"크악!"

검신 북궁소는 사생결단의 의지로 덤벼든다고 한들 쉬이 감당할 수 있는 인물이 아니었다. 그가 전선에 뛰어든 것 하나만으로 황하수련의 전선은 급격히 무너지고 있었다.

이를 지켜보던 신휘가 한마디 했다.

"검가가 이대로 도강을 모두 끝마치면 지원을 온 황하수련의 수군은 무의미해지는 거 아닌가?"

"꼭 그렇지만도 않아. 이걸로 검가는 뒤를 차단당한 셈이니까. 이렇게 되면 검가는 황하수련의 본대를 어떻게든 무너뜨려야 한다. 실패하는 순간 적진 한복판에서 포위를 당한 채 최악의 상황에 처하게 될 테니까."

"검신이 그걸 모를 리 없을 텐데…… 뭐, 그만큼 자신이 있다는 것이 아닐까?"

"그렇다고 봐야겠지."

연후와 신휘가 대화를 나누는 와중에 검가의 병력은 상당한 속도로 강을 넘어가고 있었다.

그때까지도 황하수련의 전함들은 전장에서 백여 장 정도 떨어져 있어서 직접적인 영향을 끼칠 수가 없는 상황이었다.

연후는 황하수련의 전함들을 바라보며 슬며시 미간을 좁혔다.

'아무리 기습을 당했다 해도 수군의 대처가 이렇게까지 느릴 수가 있나?'

이상한 느낌이 강하게 들었다.

마치 검가가 이렇게 나올 것을 알고 일부러 강을 열어 준 것 같은 기분이랄까?

연후는 자신이 만약 가회라면 어떤 계책을 쓸까 생각해 보았다. 답은 금방 나왔다.

'살을 내주고 뼈를 취하려면 이렇게 하는 것이 가장 확실하다.'

머릿속에 가회의 얼굴이 떠올랐다.

그는 전형적인 모사꾼에 강한 눈빛을 지니고 있었지만, 담대함과는 다소 거리가 먼 인물이었다.

'자칫 잘못되면 누구도 감당하지 못할 호랑이를 울타리 속으로 불러들인 꼴이 될 수도 있다. 만약 가회가 그걸 알면서도 이런 식의 담대한 계책을 쓴 것이면, 그만큼 자신이 있다는 것인데…….'

휘이잉!

거센 바람이 연후의 얼굴과 전신을 사납게 할퀴고 지나갔다.

"나 좀 볼까?"

연후의 부름에 현진이 다가왔다.

연후는 신휘와 현진을 번갈아 응시하고는 말을 이었다.

"지금부터 두 사람이 합을 잘 맞춰 봐."

"예, 주군."

신휘가 물었다.

"지금 떠날 텐가?"

"예상대로 검가가 도강에 성공했으니 이제 우리도 슬슬 움직여야겠지."

연후는 현진의 어깨에 손을 얹었다.

척.

"다시 말하지만 이 전쟁이 끝났을 때 천하가 너를 두려워하게 만들어야 한다. 이걸 잊지 마라, 현진."

"명심하겠습니다."

연후는 신휘를 돌아봤다.

"믿고 간다."

"가회의 안방에서 보자고. 후후후."

연후가 돌아서자 철우가 나타났다. 뒤이어 백무영과 악소, 백운이 차례로 모습을 드러내었고, 서백과 서위량, 조영은 혈왕군과 잡담을 나누다가 뒤늦게 떠난다는 것을 알고는 허겁지겁 달려왔다.

"정신 안 차리지?"

백무영의 우수가 허공을 갈랐다.

딱딱딱!

셋의 머리에서 불꽃이 일었다.

현진은 숲 너머로 사라지는 연후와 일행들을 지켜보며 나지막이 한숨을 내쉬었다.

'과연 해낼 수 있을까?'

갑자기 부담감이 밀려들었다.

이 전쟁이 끝났을 때 천하가 너를 두려워하게 만들어야 한다. 이걸 잊지 마라, 현진.

연후의 이 말이 천 근처럼 가슴을 짓눌렀다. 그건 지금껏 느껴 본 적 없는 부담감이었다.

신휘가 현진을 돌아봤다.

"군사."

"예, 원수."

"원수라는 호칭은 아직 때가 아닌 것 같으니 그냥 혈왕이라 합시다."

"……."

"이제 우리도 슬슬 움직여야지 않겠소."

"알겠습니다."

신휘와 현진이 혈왕군이 대기하고 있는 곳으로 돌아서

려 할 때였다.

펑펑!

하늘에서 폭죽 두 발이 터졌다. 황하수련의 병력이 포진하고 있는 산맥의 위쪽 하늘이었다.

현진은 폭죽의 형태를 살폈다. 틀림없는 황하수련의 신호탄이었다.

둥둥둥!

삐이익!

북소리와 호각성이 곳곳에서 터졌다. 그러자 곳곳에서 산발적인 저항을 이어 가던 황하수련의 병력이 뒤로 빠지기 시작했다.

'검가를 산맥까지 불러들여 그곳에서 결판을 내겠다는 건가?'

현진은 검가 쪽으로 시선을 돌렸다.

도강에 성공한 검가는 군사 백도량의 지휘 아래 전열을 정비하고 있었다.

한편 어디론가 빠르게 이동하던 연후와 일행들도 산맥의 상공을 수놓은 불꽃을 올려다봤다.

악소가 연후를 돌아보며 말했다.

"황하수련이 뭔가 꾸미고 있는 모양입니다."

"무시하고 그냥 간다."

"예."

우거진 숲이 끝났을 때, 연후는 선두로 나섰다.
"오랜만에 지옥수련이나 한번 해 볼까?"
"……예?"
"굳이 그렇게까지……."
모두가 낯빛을 굳힐 때 조영만큼은 활짝 웃었다.
"수련이면 무엇이든 다 좋습니다!"
모두의 매서운 눈길이 조영의 얼굴에 꽂혔다.
조영은 몰랐다. 연후가 말한 지옥수련이 무엇을 의미하는지.

* * *

눈 덮인 산맥의 정상.
황하수련의 권좌에 오른 가회는 최측근 한 명과 함께 깎아지른 절벽의 끝으로 나섰다.
그곳에서 바라본 세상은 한 폭의 그림이었다. 검가와 황하수련이 맹렬히 충돌하고 있는 강 주변도 그저 그림의 한 부분이었다.
휘리릭!
한 줄기 바람 소리와 함께 황포인 하나가 가회의 뒤로 떨어져 내렸다.
"검신 북궁소가 나타났습니다. 군사 백도량도 확인했

습니다."

"안 오면 어쩌나 했다. 후후후."

가회는 회심의 미소를 지었다.

"북부의 움직임은?"

"혈왕군을 비롯한 주력 부대는 여전히 북부에 머무르고 있습니다. 서북 지역을 점거한 적랑단도 아직까지 아무런 움직임을 보이지 않고 있습니다."

가회의 입가에 떠오른 미소가 더 짙어졌다.

"역시 놈이 원했던 것은 서북 지역이었어. 더 큰 것을 원했다면 지금쯤 병력을 움직였을 것이다."

"북부가 정말 더 이상 개입하지 않을까요? 정말 그렇다면 더할 수 없이 좋겠지만 말입니다."

"놈도 알고 있을 것이다. 이번 전쟁까지 깊숙이 개입하면 백야벌은 물론이고 다른 가문의 견제를 받을 수 있다는 것을. 아무리 담대한 놈이라도 그것을 무시할 순 없었을 테지. 후후후."

그때였다.

펑! 펑!

또다시 두 발의 폭죽이 터졌다.

"주군! 검가가 움직이기 시작했습니다!"

불꽃이 반사된 가회의 얼굴이 붉게 타들어 갔다.

"슬슬 호랑이 사냥을 시작해 볼까?"

＊　＊　＊

 전투에서 전략과 전술은 승패와 직결된다. 하물며 거대 세력 간의 전쟁이라면 더욱더 그러하다.
 이는 누구도 부정할 수 없는 사실이며 지금까지의 역사에서 철저히 증명되어 왔다.
 따라서 전쟁이 발발하면 자연스레 군사(軍師)의 중요성이 더 커지기 마련이고, 적의 군사를 제거하기 위해 총력을 다하기 마련이다.
 그에 검신 북궁소는 백도량을 자신의 곁에 두었다. 검가의 군영에서 자신의 곁보다 안전한 곳은 없다는 자신감의 발로였다.
 몇몇 수뇌부들은 검가에서 가장 중요한 위치를 차지하고 있는 두 사람이 한자리에 모이면 적이 노리기 더 쉬워진다는 이유로 반대를 표명하기도 했으나, 북궁소의 고집은 꺾을 수 없었다.
 까가강!
 콰콰콱!
 "으악!"
 "크아악!"
 산맥으로 이어지는 벌판.

그곳에서 검가는 황하수련의 매복에 맞서 혈전을 치르는 중이었다.

기습으로 인한 혼란을 재빨리 수습한 검가의 맹렬한 반격은 순식간에 황하수련의 매복을 산맥 쪽으로 밀어냈다.

"산맥으로 들어서기 전에 모조리 처치한다!"

"쫓아라!"

검가의 고수들은 퇴각하는 적들을 쫓아 공세를 퍼부었다. 이미 수백에 달하는 희생자를 낸 황하수련은 검신이 직접 이끄는 검가를 감당하지 못했다.

"크아악!"

"크악!"

쫓는 자와 쫓기는 자의 전투.

도륙에 가까운 일방적인 상황 속에서도 황하수련의 반격은 거셌고, 그 와중에 검가의 고수들도 하나둘 피를 뿌리며 쓰러졌다.

하지만 승세를 탄 검가는 거침없이 산맥의 초입까지 진격했고, 그들이 지나간 곳에 이천에 달하는 황하수련의 병력이 한 줌 고혼이 되어 나뒹굴었다.

추격전에서만 이천이나 사상자가 발생한 것이다.

추격전의 선봉에서 움직이던 북궁천이 숨을 고르며 아버지 북궁소를 돌아봤다.

'여기서 멈춰야 합니다. 어쩌면 적은 우리가 곧장 산맥

으로 올라오기를 바라고 있을지도 모릅니다.'

북궁천은 목구멍까지 올라온 그 말을 도로 삼켰다.

일단은 군사 백도량을 믿어 보기로 했다. 어차피 자신이 나서 봤자 들어 줄 북궁소도 아니었다.

그때 백도량이 말했다.

"주군! 이쯤에서 추격을 중단하고 전열을 재정비해야 합니다!"

"허락한다."

뜻밖에도 북궁소가 한 번에 백도량의 말에 따르자 북궁천은 안도의 숨을 내쉬며 숨을 고를 여유를 가졌다.

호위장 맹호가 물주머니를 건넸다.

"드시겠습니까?"

"고맙다."

벌컥벌컥!

북궁천은 물주머니의 반을 비웠다.

원래는 갈증이 가시는 정도만 마셔 물을 최대한 아껴야 했지만, 멀지 않은 곳에 강이 있으니 그럴 필요는 없었다.

백도량이 다가왔다. 그는 전신이 피로 흥건한 북궁천을 걱정스러운 눈으로 바라봤다.

"괜찮으십니까?"

"괜찮습니다."

백도량은 비로소 안도했다.

그러고는 결연한 눈빛으로 말을 이었다.

"대공자께서 선두에서 이끌어 주신 덕분에 적의 매복을 더욱 수월하게 물리칠 수 있었습니다."

"그게 어찌 저만의 공이겠습니까. 다 함께 싸워 준 모든 이들의 공이지요."

그때였다.

"군사는 나 좀 보세."

북궁소의 목소리에 백도량은 이내 돌아갔다. 북궁천은 자신을 쳐다보지도 않는 북궁소를 한 번 쳐다보고는 강으로 향했다.

맹호가 곁을 따랐다.

"진짜 너무하시네."

"또 뭐가 불만이냐."

"주군 말입니다. 군사의 말씀처럼 대공자께서 누구보다 용맹하게 싸우셨으니 지나가는 말로 한마디 정도는 칭찬을 해 줄 수도 있지 않습니까."

"칭찬이나 듣자고 선봉에 선 게 아님을 알지 않느냐. 하니 그만 투덜대고 물이나 채우자꾸나."

"화도 안 나십니까?"

"포기했다. 그런 거……."

북궁천은 강에 이르러 피에 젖은 얼굴부터 씻었다. 그는 피로 인해 붉게 물들어 가는 강물을 응시하며 눈빛을 가라앉혔다.

'후회는 없다. 나의 삶이 이후로도 계속 이러해야 한다면 결단코 따를 것이다.'

맹호가 물주머니에 물을 채우며 물었다.

"북부무림이 이 전쟁에 개입하지 않을 거라는 소문이 돌고 있던데…… 정말 그럴 거라고 보십니까?"

"글쎄다."

"북부의 개입 없이 승전을 거둔다면 더할 나위 없이 좋겠지만, 아군의 피해가 결코 적잖을 텐데 말입니다. 차라리 지금이라도 사신을 보내 동맹으로서의 참전을 요구하는 것이 좋지 않겠습니까?"

"아버님이 그걸 원치 않으신다. 네 말처럼 온전히 우리의 힘만으로 승리하기를 바라고 계시다."

"그러면 당연히 좋지만……."

"그만하자."

"……."

얼굴의 피를 다 씻어 낸 북궁천은 다시 북궁소가 있는 곳을 바라봤지만, 호위들에 가려 보이지 않았다.

북궁천은 이내 북쪽 하늘로 시선을 돌렸다.

'정말 소문처럼 이 전쟁에 개입하지 않을 생각일까? 내가 본 그분은 결코 서북무림의 도시 세 곳을 수복한 거에 만족할 분이 아닌데…….'

자신이 아는 연후는 결코 이런 상황을 방관할 사람이 아니었다. 오히려 어떤 식으로든 전쟁에 개입해서 판을 키우고도 남을 사람이었다.

'결국은 아버님의 아집이 문제다. 지금이라도 도움을 요청해서 피해를 최소화해야 한다. 아니면 설사 승리한다 해도 결코 승리라 할 수 없는 최악의 사태에 직면하게 된다.'

북궁천은 사안의 중요성을 정확히 꿰뚫고 있었다.

하지만 방법이 없었다. 그의 말을 들어 줄 북궁소가 아니었다.

그렇다면 백도량만이 유일한 해법인데, 그조차도 북궁소의 고집을 꺾기가 쉽지 않아 보였다.

"후우······."

북궁천은 진한 한숨을 내쉬었다.

바로 그때였다.

"적이다! 적이 몰려온다!"

"후방에도 적입니다!"

둥둥둥!

적의 공격을 알리는 북소리가 요란하게 울렸다.

북궁천은 재빨리 전방으로 시선을 돌렸다. 산맥의 초입으로 이어지는 우거진 숲에서 적들이 몰려나오고 있었다.

그뿐만이 아니었다. 서쪽과 남쪽에도 있었다.

북궁천은 눈빛을 가라앉혔다. 황하수련의 움직임이 그의 예상을 완전히 벗어나는 것이었다.

 '어째서 산맥이 아닌 사방이 탁 트여 있는 이곳을 전장으로 삼았을까?'

 군사 백도량도 황하수련이 자신들을 산맥으로 끌어들이려 한다고 예측했다.

 "대공자, 속히 돌아가셔야 합니다!"

 맹호의 재촉에 북궁천은 본대가 있는 곳으로 몸을 날렸다.

 그가 강을 떠난 직후, 그곳에서 모습을 드러내는 자들이 있었다.

 섬뜩한 귀면(鬼面)을 쓴 자들, 바로 황하수련이 자랑하는 비밀조직 귀면대였다.

 지난날 주작전과 함께 이동하던 백무영에 의해 치욕을 당했던 자들보다 상위 부대인 그들의 수는 대략 오백여 명.

 그들은 머리 위까지 자라 있는 갈대밭을 이용해 검가의 본진을 향해 은밀하게 움직였다.

 그 와중에 물주머니를 채우기 위해 강으로 왔다가 미처 돌아가지 못한 검가의 고수 수십 명이 고립되는 사태가 벌어졌다.

 "귀면대다! 조심해라!"

 "검가의 잡종 새끼들! 모조리 뼈를 발라 주마!"

 "쳐라!"

까가강!

콰지직!

"크악!"

"으아악!"

뒤쪽에서 터진 소란에 본대를 향해 몸을 날렸던 북궁천이 지상으로 내려섰다.

맹호가 그의 앞을 막으며 단호한 표정으로 고개를 저었다.

"이미 늦었습니다, 대공자."

파르르…….

북궁천은 눈빛을 떨었다. 뒤이어 새파래지도록 입술을 깨물었다.

평소의 그였다면 고립된 사람들을 구하기 위해 무작정 돌아갔을 것이다.

하지만 지금은 아니었다. 검가의 승전을 위해서라도 자신은 죽지 않고 살아 있어야 했다.

쾅!

북궁천은 다시 땅을 박차고 뛰어올라서는 본대가 있는 곳으로 내달렸다.

맹호가 그 모습을 보며 안도의 숨을 내쉬었다.

'정말 변하셨다.'

물론 누구보다 맹호가 염원했던 변화였다. 그는 눈시울마저 붉혔다.

'장차 남부무림의 주군이 되셔야 합니다. 그때를 위해서라도 냉혹해지실 필요가 있습니다. 바로 지금처럼 말입니다.'

* * *

전장이 한눈에 내려다보이는 봉우리.
그곳에서 가회는 검가의 병력을 향해 삼면에서 파도처럼 밀고 들어가는 아군을 내려다보며 차갑게 웃었다.
"검신 북궁소, 그자만 제압하면 이 전쟁은 더 이상 볼 것도 없다. 후후후."
"아군의 피해도 만만치 않을 것입니다."
"검신을 잡을 수만 있다면 수만 명쯤은 기꺼이 버릴 수 있다. 그가 곧 검가이자 남부무림이라 할 수 있으니 충분히 그 정도 값어치는 매겨 줘야지."
"……!"
말을 건넸던 수뇌부의 얼굴이 딱딱하게 굳어졌다. 곁에 함께하고 있던 다른 자들도 눈빛을 가라앉혔지만 누구도 나서지 못했다.
반면 가회가 주군의 자리에 오른 뒤에 수뇌부로 임명된 자들은 가회의 뜻에 동조하듯 냉소를 머금었다.
가회가 말을 이었다.

"이번 작전은 오직 검신 북궁소, 그를 제거하기 위함이다. 설사 투입된 전 병력이 죽는 한이 있더라도 반드시 그를 제거해야 한다. 하면 이 전쟁은 오늘 이곳에서 끝나게 될 것이다."

휘이잉!

한기를 머금은 바람이 가회의 전신을 사납게 할퀴고 지나갔다. 하지만 가회는 한껏 차가운 공기를 들이켜며 회심의 미소를 지었다.

'검가를 무너뜨리면 그다음은 북부다. 북부까지 병합에 성공한다면 백야벌은 물론이고 다른 가문 누구도 감히 내게 이래라저래라 하지 못할 것이다. 후후후.'

가회가 내심 야망을 불태울 때, 측근 하나가 조심스럽게 말하고 나섰다.

"북부의 움직임을 간과해서는 안 될 것입니다. 당장은 아무런 움직임조차 보이지 않고 있지만 언제 어떻게 돌변할지 모를 자들입니다."

그때였다. 뒤쪽에서 황포인 한 명이 뛰어들었다.

가회가 그를 돌아보며 물었다.

"알아보라고 한 건 어떻게 되었느냐?"

"혈왕군은 여전히 군영을 떠나지 않고 있다 합니다. 또한 서북 지역의 적랑단도 아무런 움직임을 보이지 않고 있음을 몇 번에 걸쳐 확인했다고 합니다."

황포인의 보고에 가회는 수뇌부를 돌아보며 물었다.

"이래도 북부를 두려워해야겠느냐?"

"기만 전술일 수도 있음을 절대 간과하지 마십시오, 주군."

"그래, 어쩌면 그럴지도 모르지. 해서 북부가 움직일 것에 대비하여 침공 지역으로 예상되는 모든 전선에 대군을 이미 보내 두었다. 아마 지금쯤이면 배치를 끝내고 매복에 들어갔을 것이다."

"아……."

"오!"

잔뜩 굳었던 수뇌부들이 언제 그랬냐는 듯 일제히 경탄성을 발했다.

가회는 그들에게서 시선을 거두어 전장으로 돌렸다.

팟.

한순간 그의 동공 깊숙한 곳에서 살광이 터졌다. 뒤이어 회심의 미소가 얼굴 전체로 진득하게 번져 나갔다.

"천하는 우리 황하수련을 제대로 모르고 있다. 도적 집단이라 손가락질하기 바빴으니 아주 우습게 여겼겠지. 하나 이 전쟁이 끝난 후에 한번 보라지. 너희들이 도적 집단이라 손가락질했던 우리가 얼마나 무섭고 위대한지를……."

* * *

-참수 작전을 써야겠다.

-가회를 직접 노리시겠습니까?
-참수의 대상이 꼭 적의 수장을 의미하는 건 아니다. 적의 수장보다 더 큰 의미를 지닌 곳, 그곳을 나와 내 친구들이 무너뜨린다면 이 전쟁은 보다 쉽게 끝을 볼 수 있을 것이다.

"하아……."
현진의 입술을 뚫고 나온 한숨이 하얀 수증기로 화해 허공으로 흩어졌.
신휘가 그 모습을 보고는 특유의 미소를 머금었다.
"주군이 걱정되어 그러시오?"
"예. 또한 말리지 못한 제가 한심스러울 따름입니다. 굳이 그렇게 위험한 작전이 아니더라도 이 전쟁을 이길 방법은 많았는데……."
"그 친구는 서북과의 전쟁처럼 최대한 빨리 싸움을 끝내 피해를 최소화하는 것을 가장 중요하게 여겼소. 더불어 외부에 북부가 노출되는 것을 최소화할 최선의 방법이라고 봤을 것이오. 나 또한 그와 같은 생각이오."
현진은 묵묵히 고개를 끄덕였다.
그라고 어찌 그것을 모를까. 다만 너무 위험한 작전이어서 걱정이 될 뿐이었다.
한편으로는 피해를 최소화하겠다는 연후의 뜻이라는

말이 가슴 깊은 곳에서부터 묘한 감흥을 불러일으켰다.

이전에도 이와 같은 말을 들은 적이 있었지만, 그땐 믿지 않았던 현진이다.

'진정 그러하시다면…… 내 목숨을 바쳐서라도 주군이 가고자 하시는 길에 함께할 것이다.'

그때였다.

"황하수련의 움직임이 예사롭지가 않소, 군사."

신휘의 그 말에 현진은 상념을 떨쳐 내고 전장으로 시선을 돌렸다.

현진의 얼굴이 대번에 굳어졌다.

북쪽을 제외한 삼면에서 검가를 향해 물밀듯 달려드는 황하수련의 병력들. 한눈에 봐도 검가에 최소 세 배 이상은 될 듯한 어마어마한 병력이었다.

그러나 현진이 낯빛을 굳힌 것은 그것 때문이 아니었다.

"……오직 검신만을 노리겠다는 작전입니다."

"황하수련이 이 전쟁을 빨리 끝내고 싶은 모양이오."

"예. 검신을 무너뜨린다면 검가는 물론이고, 남부무림이 무너지는 것과 다르지 않을 테니까요."

현진은 무거운 표정으로 산맥을 응시했다.

저곳 어딘가에 가회가 있을 거라 확신했다. 새로이 련주가 된 그가 아니고서야 이런 식으로 아군의 희생을 전제로 하는 무모한 작전을 쓸 수 있을 리 없었다.

신휘가 물었다.

"이제 우리도 슬슬 움직여야 할 때가 된 것 같소."

"조금 더 기다려야 합니다. 황하수련이 다른 곳에 신경을 쓸 수 없을 때를 기다렸다가 병력을 움직여야 합니다. 그래야 주군의 계책이 제대로 성공할 수 있습니다."

현진의 확고한 답에 신휘는 슬며시 미간을 좁히며 다른 것을 물었다.

"혹시 그 친구의 계책에 검신의 위기는 처음부터 염두에 두지 않은 것이오?"

"그렇습니다. 천하의 누구라도 검신의 위기는 고려하지 않을 것입니다."

"만약 검신이 당한다면?"

"하면 우리는 보다 수월하게 원하는 것을 취하게 될 것입니다. 다만 주군께서 그것까지 바라고 계신지는……."

현진은 말끝을 흐렸다.

신휘는 그런 현진을 보며 특유의 미소를 머금었다.

"그는 검신이 죽어도 눈 하나 깜박하지 않을 거요. 후후후."

"그럴 테지요."

현진도 수긍했다.

그가 아는 연후는 충분히 그러고도 남을 존재였다. 어쩌면 그것을 바라고 있을지도 모른다는 생각마저 들었다.

현진은 다시 전장으로 시선을 돌렸다.

막 두 세력의 전면전이 시작되고 있었다. 그 중심에 검신 북궁소가 있었다.

'검신이 사라진 검가라면······.'

현진은 승전 이후를 생각해 보았다.

만약 검신이 이 전투에서 전사하면 당연히 검가의 주인은 대공자 북궁천이 될 터였다.

물론 그가 살아남는다는 가정하에서 그렇다는 얘기다.

'검가의 대공자는 모든 면에서 주군의 적수가 되지 못한다. 오히려 승전 이후에 우리에게 도움을 청할 수밖에 없을 터. 하면 검가와 남부무림은 동맹이라는 이름하에 자연스럽게 주군의 행보에서 비껴나게 된다. 설마 주군께서는 그것까지 내다보고 계신 건가?'

검가가 위기에 처해도 최대한 늦게 움직여라. 또한 도와주되 간신히 연명이 가능한 수준에서 도와주는 것이 우리에게 최상이라는 걸 명심해라.

현진의 머릿속에서 연후의 목소리가 환청처럼 울렸.

순간 현진은 온몸에 소름이 쫙 끼쳤다.

'정말 그럴지도.'

* * *

휘이잉!

관백은 사납게 불어 대는 바람에 몸을 맡긴 채 장승처럼 미동조차 않았다.

곁에 책사 허정이 있었고, 뒤에는 관량과 적룡이 나란히 서 있었다.

관백과 세 사람은 아무 말없이 침묵을 이어 갔다.

그렇게 얼마나 시간이 흘렀을까?

끼아악!

독수리 한 마리가 모두의 머리 위에 나타나더니 이내 관백의 바로 옆 성루에 내려앉았다.

푸드득!

모두의 두 눈이 빛을 번뜩였다.

독수리는 육손이 심혈을 기울여서 조련해 온 독수리들 중 한 마리였다.

아직 황하수련만큼은 아니지만 전서구를 대신할 정도는 충분히 되었다고 판단을 한 육손이 연후의 허락을 거쳐 드디어 실전에 투입한 것이다.

관량이 재빨리 독수리의 다리에 달려 있던 연통을 끌러 관백에게 건넸다.

관백은 연통을 열어 돌돌 말려 있던 종이를 펼쳤다.

출전.

내용은 그것이 전부였다.
관백의 입꼬리가 말려 올라가자 관량이 큰소리로 물었다.
"출전입니까?"
"그래. 출전이다."
관량과 적룡이 서로를 쳐다보며 씩 웃었다. 둘은 지금 껏 이때를 기다려왔던 것이다.
허정이 두 사람을 향해 진중한 어조로 말했다.
"병력을 움직이되 절대 황하수련의 영토로 들어가서는 안 된다는 것을 명심하세요."
"알겠습니다."
"그럼 저희 먼저 가 보겠습니다!"
관량과 적룡이 바람처럼 성곽을 내려갔다. 그런 그들이 향하는 곳에 이만의 적랑단이 완전무장을 한 채로 대기 하고 있었다.
관백은 반대편으로 향했다. 그곳에도 일만의 적랑단이 출전 준비를 마친 채 관백의 명령이 떨어지기만을 기다 리고 있었다.
관백이 전마에 오르자 허정이 뒤를 돌아보며 외쳤다.

"출전!"
"출전이다!"
둥둥둥!

* * *

같은 시각 북부무림의 남부방위군.

총사 마의태의 손에도 한 장의 전서가 전해졌다. 전서의 내용을 확인한 마의태의 두 눈이 결연한 빛을 번뜩이자 북관 곽홍이 물었다.

"출전입니까?"

"그래. 출전이다."

곽홍의 뒤에 서 있던 각 부대의 장들이 서로를 쳐다보며 결연한 표정을 주고받았다.

마의태가 모두를 향해 주의를 주었다.

"목적지까지 이동하되 별도의 명령 없이 적과의 교전은 불허한다. 누구라도 이를 어길 시에는 군령으로 다스릴 것이다. 이는 주군의 명이시다."

"예!"

"알겠습니다!"

밖으로 나선 마의태는 곧장 군영의 정문으로 향했다. 이미 그곳에는 삼만에 달하는 정예들이 출전 준비를 마친 채 도열해 있었다.
 전마에 오른 마의태가 검을 뽑아 하늘 높이 치켜들었다.
 스르릉!
 그것을 신호로 출전을 알리는 북소리가 울려 퍼졌다.
 둥둥둥!
 "출전이다!"

* * *

"후후후."
 가회의 얼굴에서 웃음기가 가실 줄 몰랐다.
 아주 흡족한 웃음이었다.
 전세가 자신이 원하는 대로 흘러가고 있었다. 아니, 그 이상이라고 할 수 있을 만큼 승기를 잡아가고 있었다.
 "반란을 틈타 빠르게 치고 올라온 것은 칭찬할 만하나, 그 전에 북부와 먼저 공조 체제를 취했어야 했다. 그랬더라면 상황은 완전히 달라졌을 터. 보나마나 검신, 저 작자의 오만함이 일을 그르쳤을 테지. 후후후."
 가회는 수하가 건넨 술을 마시며 자신의 뜻대로 흘러가고 있는 상황을 즐겼다.
 더 만족할 만한 것은 자신이 직접 전장에 뛰어들지 않고도 승기를 잡아 간다는 점이었다.

까가강!

콰지직!

"크악!"

"끄아악!"

죽음이 난무하는 혈전의 한복판에 검신이 있었다. 그를 향해 달려든 수하들이 피를 뿌리며 날아가는 것을 보면서도 가회는 미소를 거두지 않았다.

"피와 살로 이루어진 인간이라면 언젠가는 지치기 마련. 북궁소, 너를 무너뜨리고 난 후 검가와 남부무림은 본 좌가 친히 다스려줄 것이다. 후후후."

투두둑.

술 몇 방울이 입가를 타고 흘러 가회의 가슴팍을 적셨다. 옷에 뭐가 묻는 것을 극도고 싫어하는 가회가 인상을 쓰며 손을 가져가려 할 때였다.

"주군!"

황포인 하나가 황급히 뛰어왔다.

"무슨 일이냐?"

"서북 지역의 적랑단이 움직였다고 합니다!"

"그것 때문에 이리도 호들갑을 떤 것이냐?"

"……예?"

"걱정할 거 없다. 기병 위주의 전술을 사용하는 적랑단은 총단으로 향하는 산맥에 포진하고 있는 아군을 절대 넘지 못할 것이다. 설사 넘는다고 해도 병력의 대부분을 잃은 후일 테니 전혀 문제 될 거 없다."

"일전에는 적랑단 때문에 큰 혼란에 빠졌지 않습니까?"

"어리석은……. 그때는 서북 지역에 나가 있는 병력만 믿고 산맥을 등한시하지 않았느냐!"

"아……."

"그래도 혹시 모르니 총단에 남아 있는 병력의 일부를 보내 뒤를 돕도록 하거라."

"……총단의 병력을 빼란 말씀이십니까?"

"아무도 산맥을 넘지 못하게 만들면 총단에 병력이 없다 한들 무슨 문제가 되겠느냐. 하니 호들갑 그만 떨고 냉큼 전서를 보내거라."

"존명!"

황포인이 물러가자 심복 황소가 조심스럽게 물었다.

"개입하지 않을 거라는 예상을 깨고 북부가 움직였다면 문제가 심각해지는 거 아닙니까?"

"본격적으로 개입을 할 생각이었다면 적랑단이 아니라 혈왕군을 움직였을 것이다."

"하면 왜 적랑단을……."

"명색이 동맹인데 그 정도는 성의를 보여 줘야지 않겠느냐. 또 모르지. 검가가 승리할 때를 대비해 숟가락을 얹으려는 심보일지도. 물론 그럴 일은 없을 테지만. 후후후."

적랑단이 움직였다는 보고에도 전혀 흔들림이 없는 가회의 태도는 지금껏 반신반의하던 수뇌부들에게 믿음을 주기에 충분했다.

사실 가회도 그러한 점을 노리고 더 자신 있는 모습을 보여 준 것이다. 물론 그는 자신의 예상이 전혀 틀리지 않을 거라는 확신에 차 있었다.

그렇다고 일말의 불안감조차 완전히 없는 것은 아니었다.

'이연후, 놈의 야망이 내가 생각하는 그 이상이라면······.'

그때였다.

"주군!"

또 다른 황포인이 뛰어왔다.

막 불길한 생각을 해 가던 가회는 눈빛과 표정을 고쳤다.

"무슨 일이냐?"

"마의태가 이끄는 북부의 남부방위군이 군영을 떠나 서쪽을 향해 진군 중이라는 보고입니다!"

"······뭐라?"

대번에 낯빛이 변하는 가회였다. 적랑단까지는 예상했지만 남부방위군이 움직일 거라는 건 전혀 염두에 두지 않았던 까닭이다.

가회는 재빨리 자리에서 일어나 지도가 있는 곳으로 향했다.

가회는 재빨리 남부방위군의 군영에서 서쪽으로 가상

의 선을 그어 보고는 눈빛을 떨었다.

가상의 선이 자신이 있는 이곳에서 멀지 않은 북쪽으로 곧장 이어진 것이다.

'정녕 이연후 그놈의 야망이 내가 생각한 그 이상이란 말인가.'

남부방위군까지 움직였다면 이는 최소한의 개입이 아니라 본격적인 개입이라 볼 수 있었다.

마의태가 이끄는 북부의 남부방위군은 자신들과 경계지역을 맞대고 있는, 그야말로 최전방의 가장 중요한 부대이다.

그들이 움직였다는 것은 뒷문을 열어 놓은 것이나 다름없는 것으로, 본격적인 개입을 충분히 의심할 만한 상황이었다.

'이럴 때에 대비해 미리 병력을 배치시켜 놓았기에 망정이지, 하마터면 뒤통수를 제대로 맞을 뻔했구나.'

가회는 수뇌부들을 돌아봤다.

"북부의 움직임이 심상치 않으니 각자의 자리로 돌아가 만전을 기해 주기 바란다."

"예!"

몇 명을 제외한 수뇌부 대부분이 일제히 자리를 떴다. 이럴 때에 대비해 사전에 맡은 임무가 있었던 것이다.

가회는 다시 전장이 내려다보이는 곳으로 이동했다.

짧은 시간에 전세는 확연히 자신들에게로 기울어져 있었다.

가회의 얼굴에서 사라졌던 미소가 다시 떠올랐다.
'이로써 검가는 끝이다.'

* * *

"우웩!"
조영이 지나간 곳에 토사물이 쏟아졌다.
맨 뒤에서 달렸으니 망정이지, 뒤에 누가 있었더라면 그가 게워 낸 토사물을 고스란히 뒤집어썼을 것이다.
"빌어먹을……."
조영은 더러워진 입 주변을 닦을 생각도 못한 채 전방을 응시했다.
바로 앞에서 달려가는 서백과의 거리가 이십 장이나 벌어져 있었다. 선두에서 달리고 있는 연후와 백무영, 악소 등은 아예 보이지도 않았다.
서백이 뒤를 돌아봤다.
"괜찮아요?"
"죽을 맛이요. 우웩!"
다시 게워 내는 조영이었다.
그를 쳐다보는 서백의 얼굴도 지친 기색이 역력했다. 다만 정신력에서 조영을 앞서고 있을 뿐이었다.
"그러게 왜 좋다고 해 가지고."

"……죽을죄를 졌소. 우웩!"

촤아악!

조영은 지옥수련이 좋다고 한 것을 뼈저리게 후회했다. 하지만 어쩌랴. 이미 엎질러진 물인 것을.

"눈이라도 좀 먹어요!"

서백의 그 말에 조영은 나무에 쌓여 있는 눈을 움켜쥐고는 입안에 잔뜩 털어 넣었다.

하지만 효과는 전혀 없었다.

"우웩!"

촤아악!

"더는 못 가. 헉헉헉."

결국 조영은 눈 위로 꼬꾸라졌다.

퍽!

그때였다.

"잠시 휴식."

저 멀리서 연후의 목소리가 가늘게 흘러들었다. 그 한마디에 조영은 울렁이던 속까지 말끔해지는 것 같았다.

"내가 다시는 하나 봐라. 헉헉헉!"

(북천전기 12권에서 계속)